在云端

橡树的爱情

经典文库编委会 ◎ 编

河海大学出版社
HOHAI UNIVERSITY PRESS
·南京·

图书在版编目（CIP）数据

在云端．橡树的爱情 / 经典文库编委会编． -- 南京：河海大学出版社，2020.3
（二十一世纪中国作家经典文库）
ISBN 978-7-5630-5974-4

Ⅰ．①在… Ⅱ．①经… Ⅲ．①散文集－中国－当代 Ⅳ．① I267

中国版本图书馆 CIP 数据核字（2019）第 096747 号

丛 书 名 / 二十一世纪中国作家经典文库
书　　名 / 在云端——橡树的爱情
书　　号 / ISBN 978-7-5630-5974-4
责任编辑 / 毛积孝
特约编辑 / 李　路　韩玉龙
特约校对 / 王春兰
封面设计 / 仙　境
版式设计 / 刘昌凤
出版发行 / 河海大学出版社
地　　址 / 南京市西康路 1 号（邮编：210098）
电　　话 /（025）83737852（总编室）
　　　　　 （025）83722833（营销部）
经　　销 / 全国新华书店
印　　刷 / 三河市双峰印刷装订有限公司
开　　本 / 880 毫米 ×1230 毫米　1/32
印　　张 / 7.25
字　　数 / 118 千字
版　　次 / 2020 年 3 月第 1 版
印　　次 / 2020 年 3 月第 1 次印刷
定　　价 / 59.80 元

目录
Contents

第一辑

书卷多情

好诗好句好好记 /003

我的书房梦 /008

我迷恋"白天的星星" /013

水墨淡渲百味生 /017

群山之巅,谁在歌唱? /021

爱的路上,朗读不止 /026

书香时光 /031

橡树的爱情 /036

第一辑

人性的花园 /040

寂寞的风景 /044

学习幽默 /048

爱之路 /052

夏天的忧伤 /056

江南有个桂花村 /060

灯下随笔（八则）/064

深更半夜"盘纸头" /090

鸡毛墙外 /095

第二辑

茶中山水

古诗里的茶 /101

宋人笔记里的茶 /106

《红楼梦》里的茶 /109

张岱小品里的茶 /113

《儒林外史》里的茶 /119

纳兰性德词里的茶 /124

《镜花缘》里的茶 /126

诗与茶 /128

诗人与茶的相遇 /131

茶之书断想 /136

第二辑

竹枝词里的茶香 /140

陆游的茶诗 /144

《四川制茶史》小记 /149

茶与画的相遇 /153

第三辑

与故人谈

我心仪的三位老人 /159

弄堂里的日子 /165

童心不泯 /168

绿的梦幻 /173

与孙犁为邻 /179

来过,便不曾离开 /192

古越魂魄 /199

相看两不厌,只有敬亭山 /204

纸上的三峡 /209

卡夫卡孤独者的歌 /213

第一辑 书卷多情

好诗好句好好记

杨海亮

妻子约我去书店,说给女儿买几本书,什么《弟子规》《百家姓》《千字文》之类的读物。

我没有反对。

前几天,朋友富兄在他的微信里转发了一条微信,说是青岛一个四岁的娃娃已经能读《千家诗》,已经认识三千多个汉字,还煞有介事地表示"虽然我不知道传统文化是什么意思,但我觉得还是挺有意思"。

对于这样的"诗词萌娃",或者如撒

贝宁说的"最新一代的人工智能",我倒是不感新鲜。大千世界,无奇不有。所谓的天才、神童,只是禀赋殊异而已。据富兄所言,他所在的小区也有一个小孩,区区八岁年纪,已经读了不少古籍,如《易经》《道德经》《黄帝内经》等;也背了不少的诗词,像白居易的《长恨歌》,八百余言,这"恨"确实够"长",那小孩花上几日,也一字不落记住了。

富兄说,读万卷书与行万里路,可同时进行,也可分个先后。我深以为然。让孩子陶醉在诗词的韵律中,浸染在书香的氛围里,总比一天到晚捧着个手机、盯着个电视要好得多吧?

那么,让小孩大段大部地背诵经典名著,究竟有没有意义?

我想,大概还是有的。

我出生在乡下农村,父母都是老实巴交的农民。小时候没有人要求我或指导我背诵什么唐诗宋词。我所背的都是语文课本上有的,老师说应知应会的,期末考试要考的。对于那些诗文名句,要么全然不懂,要么似懂非懂。哪怕上了中学,念了大学,也还是这般情状。不过,很多文句,一旦记住了,倒是不能忘了。

有一首数字歌："一去二三里，烟村四五家。亭台六七座，八九十枝花。"从一到十，一气呵成，简单地勾勒出一幅乡村田园风光。几十年过去了，这还是我最喜欢的数字诗。

又如，王之涣的《登鹳雀楼》："白日依山尽，黄河入海流。欲穷千里目，更上一层楼。"从小就喜欢，没有理由地、始终如一地喜欢。

再如，孟子的"生于忧患，死于安乐"，意为"处在忧虑祸患可以使人或国家生存，处于安逸享乐可以使人或国家消亡"。八个字，很简单，很深刻，要体悟透彻，怕是再多的经历也是不够的。于我，是深受了它的影响。

换作他人，一生当中，遇到好的句子、好的篇什，击中心坎、抚慰心伤、启迪心智、伴随新路……怕也是数见不鲜。

比方说，一名女记者，知道了朱光潜的座右铭——"此身、此时、此地"。从此，就记住了，爱上了。她说，"此身"，是说凡此身应该做而且能够做的事，绝不推诿给别人；"此时"，是说凡此时应该做而且能够做的事，绝不推延到将来；"此地"，是说凡此地应该做而且能够做的事，绝不等待想象中更好的境地。

比方说，一名公务员，很喜欢读书。每晚临睡前，都要翻上几页。他很喜欢陈公博死前的绝笔——"大海有真能容之量，明月以不常满为心"。是啊，明月岂能常圆？为人处世应知朔望盈晦之道。

再比如，一名年轻教师，她买的最贵的书是《胡适四十》。说"最贵"，是因为页数少、留白多，且原价买的。年轻教师爱画也爱花，却也格外欣赏胡适的"宁鸣而死，不默而生"。如果胡适不介意的话，她似乎也可以对别人说："瞧，这就是我的朋友胡适之。"

好诗好词，好文好句，字字珠玑，句句金玉。不要分难易，不要管长短，只要从头到尾，一字一句读下去，背起来便是。这如同练字练画、练拳练舞，记得多了，背得多了，不知不觉中便成了自己的知识、学识与见识。

当然，好文好句好好记，是愉快地记忆，轻松地记，而不是死记，不是硬记。一件事情，如果勉强，还过分勉强，不能说没有好的果子，但付出的代价往往太多太大，并不可取。

末了，说说我家女儿。她快六岁了，能够记诵的好诗好文，有《鹅》,有《元日》,有《山行》,有《九月九日忆山东兄弟》……还有《如果我是一片雪花》,里面一句"我愿飘落到妈妈的脸上,亲亲她,亲亲她,然后就快乐地融化",连我也禁不住喜欢。

我的书房梦

杨海亮

夜里，读作家萧乾的《书房史》，一开头便被掳了个囫囵："我生在贫苦人家。小时睡大炕，摆上个饭桌它就成为'餐厅'，晚上摆一盏煤油灯，它就是'书房'了。可是我老早就憧憬有一间书房——一间不放床铺、不摆饭桌、专门供读书写文用的地方，对于读书人或文学工作者，不应说它是个奢侈，那就像木匠的作坊。然而它在我大半生中都曾经是可望而不可即的。"

之所以原封不动地摘录这段话，是因为萧老说的，也正是我想说的。当然，硬要区分,只需把这"大半生中"改作"目前为止"。别的,实在一模一样。

父母是地地道道的农人,耕田种地,节衣缩食,老实巴交的他们给我的教诲可以浓缩成一句话——没有出息就一辈子跟牛屁股。而他们所指的出息,也就是用功读书,将来不再像他们那样日晒雨淋,一年到头田地里累死累活。所以,对于寒苦人家的孩子,书房如同神仙世界,做梦都不敢想。

既然说到了书房,又说到了做梦,还确有人冥想一个理想的读书之所而托于梦境的。元代学者伊士珍在《琅嬛记》里说:"张华游于洞宫,遇一人引至一处,别是天地,每室各有奇书,华历观诸室书,皆汉以前事,多所未闻者,问其地,曰:'琅嬛福地也。'"这"琅嬛福地"是传说中的神仙洞府,天帝藏书的地方。这样一个世外桃源,读书人自然"虽不能至,心向往之"。

以前,读梁实秋文,说一般的读书人,如果肯要一个书房,还是可以好好布置出一个来的。梁翁的言外之意很明了,读书人有没有自己的"琅嬛福地"全在于自个儿的心。有心,弹丸之地也可匀出一个空间作书房；无心，便是居殿阁也无方寸之地让予书卷。诚然，理是这么个理。于我，却常常有心无力。

十几年前，为了不再复制父辈的宿命，我从湘南到了岭南。最初谋职的时候，寄人篱下，四处碰壁。到了后来，别无所求，只希望有人给活，有人管饭。我的第一份正式的工作是在佛山市区莲花路的一家超市做营业员。那时，住在集体宿舍。巴掌大的地方上上下下挤着十几号人，暗无天日，满是湿气，如同深不可测的山洞。因改不了写写画画的习惯，我会时不时把所思所悟写进日记，而我的"书桌"是两个倒立的水桶，上面盖一块稍显平整的木板。一动笔，便乐在其中了。

身边的人多半在上班与睡觉两种状态下过日子。这使我很容易想起一个词：堕落。作家方方说："一个人的堕落，是外界的一只手和自己的一只手同时按下去的。"我想，如果这两只手联合，那个人一定被践踏得一败涂地。幸运的是，我的这只手非但没按下去，反而挡住了外界的那只手……也就是从那段日子起，我开始不断地写作，不断地投稿，不断地发表。

往后，住的地方因工作动而动。顺德的陈村，芳村的山村，天河的上社，海珠的赤沙，火炬的海傍，肇庆的大旺……从一个城市到另一个城市，从一个区域到另一个区域，从一间出租屋到另一间出租屋，尽管空间在不断增大，尽管早上醒来的时候阳光已爬满屋子，尽管家什也一样样添置，可那都不是我的家，更不敢布置所谓的书房。对于一个常年漂泊的人来说，它们都是栖息地，不同的只是停留的时间或长或短。

然而，不管在哪里，与人合租也好，自己独住也罢，我都喜欢买书。书多了，置放和搬家就成了最头疼的事情。桌上、床头、地面……东拿西丢，乱七八糟。于是，将它们装在大大小小的纸箱里，横摆竖摆，或堆或叠。又常常因为要查阅一本书，翻箱倒柜，一片狼藉。有时，感觉工作还算稳定，便去旧货市场淘上一个半新不旧的柜子。买来时，与人从楼下抬到楼上，汗流滚滚；搬家时，与人从楼上抬到楼下，气喘吁吁。每每这时，总有一个声音在呼喊——你什么时候才能有自己的书房啊！

"万个长松覆短墙，碧流深处读书房。"平日里，走亲访友、读书阅报，隔三岔五便见别人的书房。或窗明几净，一尘不染；或文房四宝，井然有致；或汗牛充栋，应有尽有……这个时候，要说不动心,那是自欺欺人,可也仅止于心动。因为,折腾了这么多年,有没有书房早已不重要,重要的是我依然在买书、爱书和读书。局促在几尺宽的走廊一角,只要放得下一张桌子,便可作为一个写作思考的工厂,大量出货。如此,我很知足。

2014年秋,我在中山买了房子,小三房,近百平。买房的时候,就和妻子约定,有一间作为我的书房。妻子求之不得:"好好好,乱你一间房总比乱我们整个房好!"曾一度,我还为我的书房作了构想,我要把它设计成图书馆的样子,四面是书柜,中间放上两排架子……可惜,房子还没有装修,我却拖家带口去了肇庆,一年半后又辗转到了佛山。佛山与中山之间,隔山隔水,和我的书房梦一样迢迢吧?

萧老在《书房史》的最后写道:"这书房就是我的归宿。我将在此度过余生,跑完人生最后一圈。我希望在这里能多出些活儿。然后,等我把丝吐尽时,就坐在这把椅或趴在这张书桌上,悄悄地离去。"萧老是修成正果了。而年轻如我,还在构筑精神的巢穴,梦想心灵的家园,虽不知何时遂愿,好在至少还有梦!

我迷恋"白天的星星"

杨海亮

白天有星星吗？你一定会不假思索地说："没有！"可是，美丽的俄罗斯姑娘别戈尔利茨与你的答案不一样。

在别戈尔利茨还只是一个少女时，一位老人告诉她，白天有星星，而且白天的星星比夜晚的星星更亮、更美，不过，只有在很深、很深的井里才能看得到。从那天起，小女孩就有了一个压倒一切的想法——看见白天的星星。

一晃许多年过去了，别戈尔利茨在俄

罗斯广袤的大地上留下了足迹,在许多村落里留下了脚印。她见过无数的水井,有牛蒡静静包围的老井,也有水泥刚砌不久的新井,却一直没有遇到那口能够看到白天星星的井。然而,她始终没有沮丧,没有放弃。

就这样,别戈尔利茨一直心怀追寻白天的星星的梦想。当她成年时,已是一位非常出色而且备受欢迎的诗人。她无怨无悔地告诉自己:"我不仅相信确有这样的水井,并且我还希望我的心,我的书,也就是我向所有读者敞开的心,也像水井那样能够映照和珍藏白天的星星——人的心灵、生活和命运……"

这是我在被誉为"世纪传记"——《白天的星星》中读到的故事。别戈尔利茨的人生经历仿佛是一个童话,一个写给孩子的童话,我却固执地相信,这是真的人,真的事,真的情,真的有白天的星星。而且,我相信所有内心真诚的人也都看到了"白天的星星",看到了它的亮,它的美。这种幸福令人陶醉,还惹人掉下欢笑的泪!

别戈尔利茨热爱文学,热爱诗歌,她希望读者能在她的心中,在她的"幽暗而又清澈的水井深处看见那些普通肉眼看不见的、仿佛并不存在的白天的星星,看见它们灿烂的光辉"。想必,这是女诗人最美好、最期盼的愿望吧。可是,更多的人却无法看见"白天的星星"。不!准确地说,是他们根本就不相信有"白天的星星"。

文学是虚无的,文学是软弱的,文学是无用的……当我试着模仿那些疏远文学、讨厌文学,甚至仇视文学的人的口吻说出这样的话来时,内心剧烈作痛,无法自持。我不禁惊讶有的人的冷漠、势利与无知。

坦白地说,无论是读书还是待在社会,我总是勉励自己做"书呆子",因为我固执地认为,不做"书呆子",就做不了"聪明人"。而多年的经历证明——读书人是幸福的,一个热爱文字的人是充实的、富有的、愉快的……

如今,我从事的职业,应付着方方面面工作的,不论是说话、论证、写文章、作演讲,靠的都是读书积累。尤其是大学那几年,读书、写作几乎成了我的两门"必修课"。我依恋母校的毓园,感激师长的指点,图书馆的灯火见证了我青春的欢乐和充实。有一次,为了争抢座位,竟鲁莽地撞坏了阅览室的玻璃门，弄得管理员骂我是一个疯子。而这些，对今天的许多人来说，似乎太过遥远，太不真实。他们早已不相信"卖火柴的小姑娘"，不相信"变成天鹅的丑小鸭"，不相信歌德晚年的爱情，自然也不相信"白天的星星"。他们谈论的更多的是手机、网游、瘦骨、修甲……

春暖花开，阴晴圆缺，大自然如此奇妙和美丽，文学将那撩动人心的瞬间定格；悲欢离合，生死祸福，文学将那泪水欢笑化作永恒。无论自然，无论人生，都是文学最受欢迎的客人。热爱文学的人，除了拥有现实的物质世界，还拥有另一个更浩瀚、更丰富的精神世界。在那个世界里，充满温馨，充满善良，充满浪漫。在那个世界里，在白天，也能看见明亮闪烁的星星。

诚然，生活中不接触文学的人，也有善良的，虔诚的，可爱的。人性的美好固然不完全来自书本，但我仍然相信，我们越靠近文学，就越靠近善良、虔诚和可爱，卑鄙、虚假和丑陋就越远离我们。当我们一步一步朝真、善、美走去的时候，我们也就看见了白天的星星！

水墨淡渲百味生
——品潘锡林中国画

张静

潘锡林，野风堂主人，安徽天长人，现为天长市书画院院长，一级美术师。自幼受文化底蕴深厚的皖东山水熏染，他的画以其荒寒、野逸、苍茫、老辣的风骨傲然林立于中国画坛，那一幅幅笔墨饱满、洒脱飘逸的画给了人们一个独特的水墨世界。

走进这些画的时候，是收到潘先生寄来的画册近一个月之后了。这阵子，总忙得焦头烂额，偶尔上线，看到先生闪亮的头像，愧疚之情不言而喻。

　　细细触摸，黑白套色封面，中式绘画，还有，那一抹抹在墨染中铺就开来的《西窗难留芭蕉梦》《荷塘思绪》《池塘一夜秋风冷》《溪水荡舟》《青山老屋》《听松图》……它们静静地伫立着，与我相遇，仿佛生命与希望、平凡与敬畏、寂寞与繁华，一起徐徐地弥散，荡漾在我的视线里，一圈一圈地漾出涟漪，而我的心，寂静得只剩下呼吸。

　　其实，我几乎不懂画，充其量也就喜欢潘先生一任天然、兴之所至的画风而已，尤其是他泼墨中呈现出的素净与淡雅，以及画面中极其容易捕捉到的一份来自生活的意趣横生，似清风白月般挡也挡不住。

　　走进先生画中，你有一种旷远和豁然的感觉扑面而来。那些属于原野独有的山村野渡、秋山茅屋、荒天古木、夜月无迹，虽是荒寒幽寂之境，却也是生命挺立于这寂寒世界的独白。曾记得历代游子，漂泊羁途，这山山水水最终成了其灵魂止泊的归属。我们循着先生水瘦山寒的画卷，仿佛能看到篱下床头的一灯明灭、月光下的一棹孤舟，断断续续地敲打在游子的心头，欲说还休，原来，这白山依旧，黑水依旧，生生不息。

这里要说的是先生一支画笔、一双慧眼、一颗慧心，为我们勾勒而出的世间温情图了。你看，鱼跃鸢飞，是流动飘逸之境，卷舒取舍如太虚片云，俯仰自得；一窗梅影，婉约素雅，仿佛道尽清莹透明之境；而一方窗牖处疏影雅轩，月影婆娑，清光渗透，若凝神闭气，定能听泉眠云，恍然间，那种返璞归真的人性之璞玉卓然纸上！

中国的山水画，素有"水墨为上"之说，千百年来，万川之月，川，在遥远的地盘结着平静的黛蓝；月，在悠长的思绪里勾勒出空灵的清辉。而先生墨中的岭上、坡脚，或安几间破旧茅屋，或横一座简陋小桥，或缀一椽倾斜草亭，一简一繁，笔笔涂在了心房的墙壁上，似乎有一枝惊艳，挂在心头的枝丫上，随风摇曳。

那一刻，心无籁，灵无声。

赏潘先生最多的是先生的花鸟百趣图了，潘先生画荷，画苇、草，再藏以一二水禽，使人想起"兴阑鸟啼尽，坐久落花多"的幽静；先生画菊，铺以湿地，远横疏篱，又是一种"采菊东篱下，悠然见南山"的闲适；先生画牡丹，苍石相托，溪水为润，歇枝一二淡墨小鸟，雅趣同在；先生画荷，无盆中之荷，无庭院之荷，却是乡野水荷，绽放时，暗香簇簇，凋谢了，也有一股倔强的生命屏息而来。我浸在其中，念及的是"一花一世界，一草一天堂"，体会的是万物同一、天人合一的境界，对先生的仰望也油然而生。也许，一支横笛、一架琴瑟，可以使舟也摇摇，月也泛泛，而一方水墨、一笔丹青，却能使人的生命得到皈依，心灵得到濯洗。

这般想着，倒是拙笔了却我一桩心事，但愿不枉潘先生厚望。

群山之巅,谁在歌唱?
——读迟子建长篇小说《群山之巅》

张静

大寒中,清冽的风,灰暗的天,冷得不像话。

这样冷的日子里,出不了门,就窝在家里读书吧!

书是元旦前买的,有《从文家书》《群山之巅》以及张爱玲的《重走边城》。三本书安静地摊在我眼前,都想读,却难确定先读哪一本。不由笑自己:原来,读书也有作难的时候。于是,三本都拿起来,随意翻几下,翻目录,翻开头,翻结尾。

当我的目光停留在《群山之巅》结尾那句"一世界的鹅毛大雪,谁又能听见谁的呼唤"时,忽而明朗。我之所以果断下单,不就是冲着这句话去的吗?

几日来,除却杂沓和琐碎,余下的时间,就是将自己淹没在那片群山之巅,尽情触摸她笔下的人物,以及那个叫龙盏镇的地方发生的所有奇奇怪怪、神神秘秘的故事。这些人和故事,相互剥离,又相互串联;相互隔离,又相互依存。最终,她的笔下,骨血、情爱、仇杀、生命、生存,就像一颗颗纽扣,牢牢缝在龙盏镇的缀满风雪的外衣上。无疑,这一笔,是浑厚大气、波澜壮阔的一笔。

小说是读完了,人却有些恍惚起来。因为里面的人物太多,辛七杂、辛开溜、辛欣来、绣娘(孟青枝)、安玉顺、安雪儿、安平、李素珍、唐媚、唐汉成、单尔冬、单四嫂、安大营、林大花、烟婆、老魏、郝百香、陈美珍、陈金谷、陈庆北、徐金铃等,他们之间千丝万缕的联系,我到现在还不能完全弄清楚,只能等读第二遍的时候,慢慢熟悉了。令我惊叹和回味的是,迟子建倾尽笔墨,使这些人物身上缀满了一种奇特、繁复、诡异而充满魔性魅力的基调。这种基调,是我之前读她《额尔古纳河口岸》及一些中篇和短篇里完全没有的。尤喜她用大胆、夸张、新颖的神性定论写意，赋予这篇小说非常明显的魔幻色彩，可谓令人耳目一新。

　　说说几个印象深的章节吧，第一章的《斩马刀》拉开龙盏镇爱与痛、罪恶与赎罪的序幕；《制碑人》拽出安雪儿的侏儒女孩身份来历和其神灵特质；《两只手》让龙盏镇里与死人常年打交道，被众人认为沾染了一身晦气的一男一女走到一起，龙盏镇容得了他们的身体，却容不得他们想得到人间真爱的美好愿望；我没有办法忘掉《白马月光》里绣娘（孟青枝）与安玉顺的传奇一生，英雄抱得美人归，却没能抱着她长久度日；《生长的声音》这一节，纯粹的神性描写，安雪儿身上诸多的灵性和神性在被辛欣来糟蹋了身体之后一扫而光，她长高了，变胖了，入俗了，返璞归真，朴素无常；《女人花》里，死了女人的辛七杂招架不住送上门的陈美珍和单四嫂，他洗了澡，刮了胡子，换上干净的衣服去见自己暗地里喜欢的女人——开油坊的金素袖。一路上，他的摩托车后面夹着一支野百合，火红的野百合，让他想起了多年前王秀满结了扎，主动来龙盏镇寻他的情景，想起他们的初夜，他心惊肉跳，羞愧不已;《从黑夜到白天》颇具讽刺意味,所谓英雄有时候也是杜撰出来的……

这一章章故事里,属于乡土人家纯良温厚的情感,既温暖感动,又令人心酸。我清晰地记得,安雪儿怀孕了,林大花神情恍惚到仿若世界都要坍塌了。当然,关于小说的主人公辛开溜的故事,是从《旧货节》开始的,他的"堕民"身份,以及被父母卖掉后发生的所有故事,还有那个叫作秋山爱子的日本女人,是主人公辛七杂的娘,是不是他辛开溜的种,最终成为一个未知的谜;《暴风雪》,真的是风雪之夜啊,一些事情被大雪盖住了,另一些事情却在大雪之夜苏醒过来。这样的夜晚,安平思念李素珍,他渴望见到她,一番覆云翻雨、颠鸾倒凤过后,他们付出了沉重的代价,成为小说里最伤情的一笔。

小说最后,辛欣来落网,安雪儿生下一个小子,取名毛边;辛开溜死后,他成为龙盏镇火葬的第一人;跌了一跤死了的绣娘,和她心爱的白马一起,在喜欢的白桦树间燃烧成一缕风;土地祠,成为安雪儿和单夏生命里最后的伊甸园。

合上书页,大寒依旧,风儿依旧,我却很清醒。清醒得如同看见那滔天的大雪、亘古的河流和山峦,更清醒小说中那些卑微的人物,从迟子建的墨间站起来,朝我走来。他们怀揣各自美好或残缺的心愿,努力活出自己的模样。仅是一份甘苦,就足以值得我在接下来的日子里,衔一口冷风,再去细细咀嚼。

爱的路上,朗读不止
——有感于《朗读者》

张静

读《朗读者》竟然源于停电中的无所适从和无所事事。

没电的日子,办公室依然不安静。出出进进的同事,出出进进的领导,出出进进的学生,似乎停电和他们的生活节奏永远搭不上边。比如没有电,同事的课依然得上,领导的脑袋依然不安闲。可于我,却很重要,手头给长岭纺电培训的考试题出了三分之一,明儿最后一次机床夹具培训课程太夹生,需要好好温习一下,电脑处在倔强的瘫痪中，资料锁在其中，我只能望电兴叹。

抬头看窗外，很冷的风，很低的气温，都在向我昭然这个小城属于深秋时节的种种迹象，尤其是愈来愈重的薄凉与深寒，一直以来都是我无法轻易驾驭的。

掩上门窗，除了多了几分安静，凉气也不觉瘆人了，可以将身体舒展些，安安稳稳逶迤在椅子里，翻几页书了。

窗台上的书，还有三四本，最底下的是《朗读者》，一个叫"本哈德·施林克"的德国作家写的。无论是书名和作者，感觉挺顺溜的名儿，一下就记住了。友人说，这篇小说是曾登上《纽约时报》畅销榜榜首的小说，我在下单之前，问过度娘，是和一个荒诞的、有失伦理的，却很诚挚的爱情有关。而此时，它的轰动于我一个阅读空乏和孤陋寡闻的女子而言，依然有种空白无力的窘迫感。我之所以拿起它，并不是太强的诱惑或者探究，只是觉得在这样闲适的时间段，不读一点儿书，有荒淫无度之感。

十点开始，办公室基本没有人进出了，读书应是最好的环境，我不正一直奢望如此吗？

小说字数不多，大概十三万出头，故事情节更简单，十五岁的米夏迷上了三十七岁的汉娜，他陷入那个秋天里一场盛大而美丽的情爱之中不能自抑，而汉娜却在他的身体和灵魂得到欢愉的巅峰时刻不告而别。再次相逢，却在法庭之上——米夏是法院实习生，而汉娜，曾经是纳粹集中营的女看守。在这之前，由于自己的秘密与强烈的自尊心，她不希望任何人知道她不识字，她放弃了升职机会而去做了一名纳粹看守。同样由于这个秘密，在审讯时造成了众人对汉娜的误会。可怜米夏，也只是在这一瞬间，发现了她的秘密。他在救她与维护她尊严之间徘徊了很久，但最终选择了沉默，汉娜被判终身监禁。

在之后长达几十年的监禁生涯里，无法做到安生和释怀的米夏一次次为汉娜朗读那些风清月白的故事和作品，一直到她获释前夕。可当米夏为汉娜租了房子，找了工作，准备接她出来的当天，汉娜自尽，故事结束。

我一直认为，日耳曼民族是聪明的，强悍的，严谨的，固执的。这些印记在"本哈德·施林克"的笔下淋漓而出。通篇自始至终，他几乎都是在用一种笃定、沉稳、内敛的姿态，不急不缓地向我们诉说一个十五岁男孩沸腾饱满的爱情。要说的是，"本哈德·施林克"真是个天才，他的精巧构思和细腻描述，从一开始，就让这个有失人性伦理的爱一下子变得十分的迷人。比如米夏如何迷恋汉娜的身体和味道，比如一个少年的性意识和性爱之初，是从他患了一场黄疸后邂逅了一个三十六岁的女子开始唤醒的……

于世人而言，爱与性之间，捆绑着诸多的美好与欢愉，而在"本哈德·施林克"的笔下，在米夏与汉娜之间，却洋溢着诗意与温情，尤其是汉娜在看守所里，学会了写字，学会了朗读。这些，何尝不是一个老女人对于小男孩从内心深处延续下来的那份绵绵不尽的爱？尽管此时她已白发萧萧，皱纹纵横。一个老女人的体臭，从她身上蔓延而出。

其实，我在读到这里的时候，觉得有些纳闷，米夏曾经十分迷恋的味道怎么一下子臭了起来。或许，这种臭，本身就为汉娜的死，埋了伏笔吧？但无论如何，我想，我不会忘记这样一个场景，那就是，在米夏和汉娜的人生路上，爱不止，朗读不止。

当然了，关于《朗读者》，法国《世界报》文学主编克利斯托夫·施扎纳茨在书后评论中写道："不管我问哪个读过《朗读者》的人，他们都说'我把它一夜读完'。"我相信，这本书是作者的亲身经历，至少，他经历过类似的事情。我也相信，每个读完这本书的人所沉浸的思考也不尽相同，这部小说承载了太多，爱与性、爱与被爱、爱与社会、爱与死亡、爱与生命。留给我们的不只是感动，还有令人无比安静的思考。何况，卡夫卡曾说了："书必须是凿破我们心中冰封海洋的一把斧子。"而且，我一直信奉：卡夫卡对这部小说恰当与精准的诠释，或许在以后相当长的时间里，影响着我对任何一部经典作品的阅读所带来的导向与思考。

书香时光

张静

我一直相信眼缘，就像我第一次走进万邦书城时的那种感觉。记得好像是个冬天吧，很忙，很累，刚歇下来，在那里工作的学生打来电话说，到了一批新书，我若想看看，周末赶紧过去。

那个时候，学生在万邦书吧的前台办理会员和借阅手续，我可以随意挑几本书拿到最里面的书吧中，充分享受书吧里宽敞明亮的空间和幽静娴雅的氛围。

当时的书吧有三间。其中进门右手边

的一小间是藏书，密密麻麻摆满了各类书籍；中间门厅处搁置了四个原木书桌和四把藤椅，算是接待会员的地儿。再往里，就是较大的一间了，进去，青色带釉光的地板一尘不染，象牙白的沙发散落其中，靠墙的角落里，几只一人高的青花瓷瓶上悠然可见清明上河图中烟雨朦胧的景致，几排沙发的空隙处用雕花的屏风隔开，屏风上，是苍劲老道的书法。人刚一落座，立马有漂亮勤快的女导购上前来沏好茶，茶香墨香交织在一起，令人有怦然心动的感觉。

那一瞬间，我便喜欢上了那里。加上那会儿，孩子刚上小学，周末要经常到市区学英语和围棋，在孩子跟着老师两个钟头的学习时间里，我会信步万邦，翻翻书，喝一杯淡淡的菊花茶，听几首书吧里缓缓响起蔡琴的《渡口》《被遗忘的时光》等歌曲，墨香徐徐靠近，歌声缓缓飘远，宛如深寒的黄昏里闪烁在天边的那一抹柔和的光亮。

与万邦相遇的最初日子里，我读书很随性，更谈不上写作，充其量只是偶尔记录一下自己生活的点滴和感悟而已。印象里，非常喜欢书吧里恰到好处的氛围，记得有一回来翻陈丹燕的新书，读她写外滩路、黄昏中的咖啡馆、悬铃木的老街与巧克力派,读到感觉眼睛疲倦了,掩上书,闭目聆听书吧里流淌的音乐声。有时候是风笛,似有风声,吹皱一池春水;有时候是口琴,音色绵长里带来稻梗,或者无花果的香;更多时候是钢琴的轻浅淡泊,如止水般的宁静……

万邦书城就这样走进我的生活,成为我闲暇时释放疲惫和缓解压力的一处心灵港湾。在那里,我读了很多喜欢的书,比如舒飞廉《飞廉的村庄》,一本怀旧思乡的书,读来温暖亲切;后读《华丽一杯凉》,钱红丽著,文辞犀利,又不乏温润柔软,颇有张爱玲的遗风;比如读《我打不赢爱情》,和菜头著,恣意狂放,嬉笑怒骂,令人惊叹;读车前子的《品园》,文字像氤氲着一股水气,湿润、清冽。苏州园林的雅韵与幽微在他笔下如水墨画般渐次展开,一幅一幅让人慢慢沉醉;而辛丰年、严锋父子的合集《和而不同》是和儿子一起读的。我告诉他,辛丰年擅长写音乐随笔,这本书却是乐评之外的文章,大多是谈历史,用词精雕细琢,同样是读书笔记,严锋则偏重于文学性,感性,自然。相比之下,比较偏爱严锋的《好书》《好看》《好音》,曾一读再读,爱不释手。

一晃几年过去了,某日,我又来这里,意外读到和我暌违几年的迟子健,这个常居北京的女作家,我曾经深深迷恋,尤喜其沉静温暖的笔触。当看到淡黄色的干净书架上她新出的《亲亲土豆》《北极村童话》等时,欢喜和兴奋之情不言而喻,还有她写给已逝丈夫的文字,心动意暖,情深义重,读得人眼眶濡湿……这些难以忘怀的精神大餐和享受,是我自食其力的艰苦岁月里一叠又一叠的美好回忆。完全可以说,在万邦浩瀚如烟的藏书里,我与这座城市日渐亲近起来,我依然记得每一个晨曦与暮霭,每一次迷茫与失意,是这里一本本飘散着睿智、浸透着情感、洗涤着思想的书籍,以它们极其盛大的滋养与润泽安放了我一颗漂泊的心,我将自己浸泡在其中,目光趋渐平和,内心趋渐丰盈与强大。

之后,孩子上了高中,琐事缠身,去万邦读书的时候自然少了很多,偶尔去,也是漫漫暑期和寒假,会抽出整整一个下午,安静坐到那里,尽情体验阅读和书香带给我的诗意栖居。比如漫卷一册典籍,便可徜徉于奔流不息的历史长河,触摸沧桑厚重的文化跫音;隔着油墨的馨香同大师对话,沐智者雨露,一份来自心底的澄明与豁然油然而生;再比如,溽热夏日,静居书吧,一杯清茶,几缕书香,浮躁喧嚣不再,人亦清凉如水;漫漫冬日,雪落簌簌,红泥小炉,一帧泛黄的线装书，便是一个人的天荒地老。更何况，我本凡尘之人，身居繁华旖旎的都市，总有一些心绪无处安放，也总有一些浮躁和空虚填满身心，可只要我的脚步踏进这里，总会在墨香深处，找到属于身体和心灵的一条出口，一份慰藉，我甚至不止一次给友人推荐，来万邦吧，读书吧，即便你足不出户，但照样可以从这里、从墨迹里，抵达千山万水、芳草萋萋、红尘万丈，这种感觉是美妙的，惬意的。

如今，万邦旧貌换新颜，以前的沙发和屏风被拆掉了，整个书吧青砖铺地，字画满墙，厅堂中间一对石狮左右相望，像是要望穿书香里描摹不尽的人间百态，或者诉说不完的前世今生，置身其中，依旧古朴悠然，依旧翰墨生香。让人更为欣喜的是，在万邦，时不时地，会有小城的文友们的新书发布会、品读会、诗文朗诵会，以及前辈们的文学主题讲座，我由此结识了很多文字路上的良师益友，以书为媒，以文会友，奇文共赏，博采众长。总而言之，与万邦结缘的日子，犹如沐浴鸟语花香，阳光清风。并且，正是因为有了万邦一年又一年的墨香熏染，我平淡清宁的中年日子竟也活色生香起来。

橡树的爱情

邸玉超

20世纪80年代,舒婷有一首《致橡树》的诗,像诗中的木棉花,很红,甚至有点儿微微的紫色,被公认为朦胧诗派的代表作。有趣的是,说是朦胧诗,大家却都读懂了。那个年代,写诗的人,不写诗的人,都喜欢背靠一株树,吟哦或者朗诵几句,可以说,只要有绿色青春生长的地方,都少不了茁壮的橡树和多姿的木棉。这样的状况以后似乎再未发生过。

在我的印象中,那个远去的年代天空透明而湛蓝,让人想象到赤子的眸子;空气清澈纯净,纤尘不染;而风总是翘着脚尖行走,如同天鹅湖畔的舞女。这样的日子最适合诗歌的萌芽,也最适合爱情的生长。《致橡树》是发自心底的深情歌吟,诗人对坚贞爱情的咏叹,对独立人格的向往,对青春理想的追寻,应和了一代人的精神需求。那高举着铜枝铁干的橡树,那绽放着红硕花朵的木棉,摇曳着现代青年卓尔不群的姿态,永恒着在河之洲的忠贞不渝的爱情。和诸多人一样,笔者也是从那个年代开始爱恋诗的,也是在那个时节生发爱情的,因此,至今读《致橡树》仍然怦然心动。其实,诗歌如野菜一般疯长的时节并不令人怀念,值得向往的倒是有不写诗的女人端坐在午后的长椅静心读诗的风景。那是一种美丽,一种高贵,一种极致的和谐。

了解有呼吸的橡树早于读舒婷的诗至少十年。那时候教室取暖靠生铁炉。于是老师领一群学生到深山去采松塔。也就是那个时候,我认识了橡树。老师是这样传道授业的:大家认识这棵树吗?它叫橡树。我们吃的橡子面,就是橡树的果实磨的。它的叶子光亮油滑,也叫"玻璃叶",做过年蒸饺子的屉布非常好,有清香味。特殊的语境,暗示了一个特殊时代的生活境况,自然而贴切,生动而鲜活。关于橡树,我曾查阅了几种资料，包括古老的释名工具书《尔雅音图》，包括很现代的网上，都不甚明了。《辞海·生物分册》列"种子植物"不下七百种，唯独不见"橡树"条目。也可能有其他名目，不得而知。真得感谢当年老师的教诲，否则很可能对生活在我们身边的这种普通的植物一无所知，进而也可能影响到对《致橡树》的阅读与理解，以及对一段过往生活细节的记忆缺失。

俄罗斯诗人密尔兹利亚可夫曾写过一首被谱曲并广泛流传的诗——《孤独》，同一国度的风景画大师希什金把此诗中的一个句子"在平坦的盆地中间"作为画题，成就了他一幅影响甚大的作品。画面是无边无际的、冈峦起伏的草原中间，独立着一株枝叶茂密的橡树。这幅画充满了浓郁的诗情和蓬勃的生命气息，化"孤独"为"独立"，彰显出别样的人生态度和思想感情。不知道舒婷读没读过这幅画，我觉得《致橡树》从意象到形象都是与之契合的。人类共通的交流是艺术和情感，爱是直抵人心、走向世界的绿卡。无独有偶，荷兰画家凡·惠恩四百多年前也曾画过一幅有关橡树题材的油画——《有两棵橡树的风景》。画面是两株历尽沧桑的橡树，遒劲的树干，短发般的枝叶,仿佛牵手百年、比肩而立的老人。有一场雨在天空酝酿,空气质感而湿润,阳光照射在树干和小丘上,让人不禁感叹人生的冷暖。两棵橡树迎风而立,从容而坚定。我一直以为,左侧的那株稍矮些的是雌性,另一株高些的当然是雄性,讲述的是异国的不老的爱情。

如果人能放下架子,把自己作为一株普通的懂得爱的橡树,一棵诗一样纯净的植物,那么世界就是七十亿株绿色生命汇成的"爱琴海"。

人性的花园

邸玉超

在这里，没有利益的争夺，没有灵与肉的丑恶，没有烧杀抢掠的罪恶，只有爱在吐芽，美在开花，善在结果。淳朴、正直、勤劳、忠贞、谦让等美德像鸟一样在这里筑巢栖息，民主、自由、平等、公平像风一样在这里款款流动。世上有这样的人性的花园吗？

还是让我们到沈从文的故乡湘西去看看吧，也许那里才有我们要找的答案。沈从文的《边城》为我们讲述了一个凄美的梦幻般的爱情故事：在湘西边城的一条小溪旁，住着一户人家，家中只有一个老人，一个女孩，一只黄狗。祖孙二人靠摆渡为生。女孩叫翠翠，十五岁，情窦初开。当地船总顺顺有两个儿子，大少爷天保豪放豁达，正直慷慨；二少爷傩送长得清秀聪明，富于感情。天保喜欢上美丽清纯的翠翠，让父亲托人向翠翠的外公正式求婚。外公打探翠翠意愿，翠翠并不作答。原来在两年前的端午节赛龙舟盛会上，翠翠邂逅了二少爷傩送，青春多情的男女相互吸引，暗恋起了对方。这时候地方上的王团总看上了傩送，愿以碾坊作陪嫁把女儿嫁给傩送。傩送得知哥哥爱翠翠后，向哥哥吐露了实情，表示坚决不要碾坊，只想娶翠翠，做个摆渡人。于是兄弟俩约定夜晚唱山歌求婚，公平竞争，让翠翠自主选择。天保知道翠翠喜欢傩送，为了成全弟弟，外出驾船闯滩，意外落水而亡。船总认为大儿子天保的死与翠翠有关联，再娶翠翠做二儿媳妇显然不妥，于是不同意傩送娶翠翠的请求。傩送本来对哥哥的死深感愧疚，又得不到翠翠的爱意回应，于是同父亲吵了一阵后坐船下了桃源，远走他乡。两个有情人终究天各一方。失望的外公也在雷雨之夜突然去世了。遭遇一连串变故的翠翠悲痛欲绝，在船总等好心人的帮助下埋葬了外公，独自守着渡口，痴心等待傩送归来。小说的结局充满忧伤,也充满悬念:那个在月下唱情歌,使翠翠在睡梦里为歌声把灵魂轻轻浮起的傩送一直没有回来。

"这个人也许永远不回来了,也许'明天'回来!"

《边城》心理描写细致入微,对感情的处理别具手段。外公让翠翠去城里看端午热闹,翠翠想去又怕外公一个人孤单,问:"我走了,谁陪你?"外公说:"你走了,船陪我。"翠翠说:"外公,我决定不去,要去让船去,我替船陪你。"真挚的感情,潜伏在浅淡的幽默之中。对爱情的美好憧憬,对心上人的期待与躲避,少女的娇羞、矜持表现得淋漓尽致。《边城》对人物性格的塑造是理想化的。翠翠、老船夫、傩送、天保、船总、老马兵身上都有善良、豪爽、纯真的品质,张扬的都是自然淳朴的生命形态。老船夫摆渡从不收钱,对好心人硬留下的钱也用买烟叶的方式回馈给大家。在小说中,自然风光的原始秀丽与人性的善与美得到充分展现。"边城"是湘西的桃花源,是"少年中国"的乌托邦。

《沈从文传》的作者金介甫认为,"《边城》总的来说是写人类灵魂的互相孤立"。这是典型的西方学者的认识。仔细品味,小说情节的阴差阳错、人物关系的纠结疏离,语意的朦胧误会，确实有一种微妙的心灵不易沟通的感觉。在翠翠与外公、外公与船总、外公与傩送及天保、翠翠与傩送及天保之间的交流都是不很顺畅的。比如小说最后，傩送要渡河，外公为了让翠翠与傩送有单独相处的机会特意躲了起来，而这样一个天赐良机翠翠却逃避了。这是因个性、自由产生的孤独。《边城》不但在中国文学史上卓然而立，在世界文学百花园中也有它独特的色彩与芳香。

原来，我们一直努力寻找的那座花园就在《边城》里。

人性之花可以常开，生命之树却不能够常绿。一代大师沈从文走了，这位"人性的治疗者"为我们留下了一座美丽的人性的花园，那里的花花朵朵四季常开，那里的坛坛罐罐清香四溢。

寂寞的风景

邸玉超

那是一道寂寞的风景,流浪的风在杂树间徘徊,清冷的溪水满腹心事地在乱石间低吟,沧桑的石桥孤独地立在岁月里,承受阳光的炙烤、雨雪的侵蚀、时间的冲刷,岩壁上有鹰的影子起伏,有思想在盘旋……

在新文学史上,真正脍炙人口、广为流传的诗,首选应该是戴望舒的《雨巷》,次之是徐志摩的《再别康桥》,再就是卞之琳的《断章》。弥漫在诗中的忧伤、寂寞、无奈的情绪会触动人心,让人产生微微的疼痛感。

你站在桥上看风景,

看风景的人在楼上看你。

明月装饰了你的窗子,

你装饰了别人的梦。

（《断章》）

这是一幅风景画：午后的江南水乡，一个少年站在斑驳的石桥上，寂寞地看着远处旖旎的风景；而一个形单影只的少女正在楼上倚着栏杆好奇地望着看风景的人。这是一首情歌：夜幕降临了，一轮圆月照着寂寥的窗子，寂寞的少年不知道，他已经成为别人梦中的对象。

1935年秋天，卞之琳写了多首意蕴深长的短诗，其中就有《断章》和《寂寞》，据说《断章》是一首长诗中的片段，后将其独立成章，因此名为《断章》。桥、风景、楼、窗子、梦，这些词本身就有感情色彩，由这些词组成的意象既是古典的，也是现代的。卞之琳的诗歌融入了西方诗歌的暗示性、象征性，也融入了古典诗词的结构意境。有评论者认为此诗重在"装饰"，表现了一种人生的悲哀。卞之琳撰文说"装饰"的意思不甚着重，而是着重在"相对"上。确实，世界是一个相互依存的有机整体，各种物质都是相对存在的。我们能从这首诗中领悟到宇宙万物，包括人与人、人与自然环境互为依存、相对存在的哲学意味。诗无达诂。而我把《断章》读成柏拉图式爱情，也算一说吧。

人是群居动物，渴望交流而无沟通对象，便容易产生孤独和寂寞。孤独是一个人的事情，而寂寞却与人的多寡无关。寂寞是自我感知，对于他人而言，充满了暧昧。

> 乡下小孩子怕寂寞，
> 枕头边养一只蝈蝈；
> 长大了在城里操劳，
> 他买了一个夜明表。
> 小时候他常常羡艳
> 墓草做蝈蝈的家园；
> 如今他死了三小时，
> 夜明表还不曾休止。

这首《寂寞》，叙述了一个人从童年到老年、从"活着"到死亡的漫长、寂寞的一生。这"寂寞"似乎是命定的、与生俱来的。为了逃避寂寞的侵扰,孩子从墓草中捉了一只蝈蝈与自己做伴。在蝈蝈的单调歌声中孩子一天天长大了,寂寞却如影随形。离别故土,奔波在尘嚣弥漫的城市,寂寞感愈加深重了,只能依靠夜明表打发寂寥长夜。在魂归故园的那一刻,他终于把自己和寂寞一同埋葬了,像墓草一样与蝈蝈相伴永远。这是一种"生也寂寞、死也寂寞"的生命无奈。卞之琳在诗中寄寓了他对人生的深切感受。卞之琳在《雕虫纪历》"自序"中说,"我这种诗,即使在喜悦里还包含惆怅、无可奈何的命定感"。《寂寞》就有着这种无奈的命定感。

卞之琳是敏感的,寂寞的;是正直的,也是谨慎的,既超然物外,又周旋框架之内。从他的《雕虫纪历》"自序"、为《戴望舒诗集》作的序中都可看出这一点。

寂寞是深入骨髓的清冷,是心灵无着的孤单。人生的风景离不开寂寞的色彩,寂寞是灰色的,灰色会使人沉静。

学习幽默

邸玉超

幽默是生活的润滑剂，有幽默感的人笑口常开。

关于"笑"的解释，黄永玉的一幅漫画中讲得最深刻："笑，哪个时代成为奢侈品，哪个时代就危险了。"我的感觉是，哪个人不会笑，这个人就活得没"劲"了。漫画是笑的艺术，特点是讽刺与幽默。幽默属外来语的音译，是八十年前林语堂创造的词汇。林语堂说，幽默是心境的状态，一种人生观，是一种处世艺术。

黄永玉出过一套漫画集,叫《永玉三记》,画与话甚精妙,读来不仅开心,而且开胃。他漫画帽子并言:"戴帽子是一个大发明,给人戴帽子是一个伟大的发明。"另一幅画的是汽车门窗上全是数字,题为:"挤:上下公共汽车,如果也能用'按姓氏笔画为序'办法,会不会稍微松动一些呢?"短短一句,一石二鸟,如黄蜂蜇唇,亦疼亦痒,两片嘴都难受。他的漫画"狗打滚"说:

老吴养一小狗,教其打滚,小狗笨,学不会,老吴就给狗做示范,自己在地上打滚,小狗坐在一边看。客人见了,以为小狗在教老吴打滚。

善意的嘲讽,机智的诙谐,黑色的幽默,谁读了都免不了会心一笑。

黄永玉的漫画来自生活的感悟,智慧的升华。他如此概括"接触不良"这样一个抽象的概念:

张三在河边钓鱼,李四在对岸散步。李四冲张三喊:"三兄,你干啥呢,钓鱼呢吗?"张三答:"没有,没有,我在钓鱼呢。"李四说:"噢,我还以为你在钓鱼呢。"

生活中类似的不良"对话"比比皆是,关键在于发现与提炼,艺术地表现。另一幅画是一只被拧成麻花样的波斯猫。文曰:

老张送老李一只波斯猫,告诉他每日要给猫洗澡。过几天,老张遇老李,问:"猫近况如何?"老李说:"猫死了。"老张惊讶地问:"怎么死了?"老李说:"洗澡时还活着,拧干后就死了。"

这样的幽默就是淑女也会笑露玉齿的。

幽默感是一种凝聚他人、提升自我的力量。作为领导者,懂一点儿幽默,能很好地团结下属,整合团队,形成向心力;同事之间幽一默,可化解矛盾,融洽感情。有幽默感的人有磁性和感染力,身边会多朋友,自信心也强。幽默是调料,使生活不再平淡乏味,而是有滋有味;使人少去许多烦恼,变得魅力无限。

幽默既然是一种艺术的表现形式，我们就可以去学习。听相声，看漫画，读笑话，都是学习的手段。更重要的是，需要不断修炼自身，拥有乐观的性情、开阔的胸怀、豁达的处世观，以及宽厚、仁慈、博爱之心。学会幽默，懂得幽默，也就懂得了生活的艺术，你的世界就会充满笑声。

黄永玉是湘西大才，画作、文章均闻名于世。读黄永玉的漫画如品老窖，有点儿香，有点儿甜，还有点儿辣，回味无穷。捧着漫画集，没事偷着乐，真是别样享受。

幽默就像毛毛细雨，滋润着人们的胸怀。

爱之路

邸玉超

1881年6月,以《猎人笔记》名满天下的俄罗斯老人屠格涅夫写下一篇非常短的散文诗,题目是"爱之路",全文加标点也不足百字,现辑录于此,供大家欣赏:

一切感情都可以导致爱慕,导致爱情,一切的感情:憎恶,冷漠,崇敬,友谊,畏惧,——甚至蔑视。的确,一切的感情,除了感谢以外。

感谢——这是债务,任何人

都可以摆出自己的许多债务……但爱情——不是金钱。

由此看出，人类的情感是相同的，爱，没有国界，更没有那么狭隘；人与人的思维方式不同，但对爱的认识却是相似的。

我愿意把多年前写的一篇小文与大家分享——

无法重复的夜晚

那夜晚没有风，所有的街树都静静地站在那儿，所有的路灯亮在那儿，一种别样的温馨弥漫着你。你同她一起下了车，你知道她就回这个城市。你茫然看着前面的路，轻声问：

"那站点在何处？"

"也许就在那儿，跟我走吧。"

那街树一样的少女将长长的兜带往白颈间靠了靠，微笑着说。你凝视着那双真诚的亮眼，不觉重复了她轻盈而小巧的足迹。你不知道她将把你带到哪里。你们并排走着，偶尔互相问一句什么，问与答不是实质，内容也无关紧要。小城人也稀疏，车也稀疏，荧荧灯火似梦非梦。

你们走到一个站点，却不是你要找的站点，这个城市站点很多，你们只有接着找。她告诉你，她在一个海滨城市读中文系，你告诉她，你在一个边城写诗。她说她那地方有无边无际的海，你说你那地方有无边无际的山。你们并排走着，脚步缓缓地，每个人的眼睛投向每个人的地方。一辆车驶过来，她拽着你的胳膊靠向路边，你感到这夜如她的黑发一样美，如她的亮眼一样宁静。

站点终没有找到，她表示出些许遗憾，你没有感到遗憾，你想说：人生就是一种寻找的过程，找到的，未必是人要找的，没有找到的，也许正是你要找的。

你说："你该回家了，你母亲一定等急了，是否送送你？"

她说："何必呢，人生就是环形路，我们能送到头吗?"

你们互相笑笑,笑得很淡,也很凉;双手轻轻握一握,是轻轻地,也是暖暖地。

"再见!"

"再见!"

你们都知道,再见是太不可能的,既然树上的每一片叶子都不可能重复,那么世间的每一个夜晚也注定无法重复。也许,在以后的某个街角,你们还将擦肩而过,但你们已将这个夜晚遗忘了。

夏天的忧伤

邸玉超

一

其实，夏天的绿色是极枯燥乏味的。

当你坐在绿得腻人的山坡，静静地看那一小块裸露的土皮，几枚奇形怪状的石子，你会蓦然感触到一种新意，一种自然造化的魅力。你可以想象那几枚石子是女娲遗失的补天石，当然也可以想象女娲穿的是草裙或是其他什么裙；想象那土皮与石子孤独的美丽，抑或超脱……

现代编辑家、作家黎烈文为我们很多

人所不熟识，作为他的忠实读者，我是很愿意把这位被鲁迅称道的作家介绍给喜欢读书的朋友的。《黎烈文散文选集》精选了他的四十八篇散文。他的《夕阳之下》油画一般描绘了初夏黄昏的宁静与安详、跳跃与灵动。那美丽的夏日景色，那半老夫妻的笑语，那活泼可爱的小姑娘，让人过目难忘。另一篇名为《林中》，写的是初夏季节留学生L在日本的生活。绿草如茵、鲜花盛开的山坡上，蝴蝶翩翩飞舞，小鸟叽叽喳喳。患了头痛病的L被手持野花的小姑娘蝶和姐姐林子的天真、纯洁的美摄住了、征服了，L的脑病被蝶手中的那束灵药"自然草"治好了。L的手指被草花的刺刺痛了，睁开眼，原来是在林中做的梦。多么富有想象的美文啊。

其实，夏天的暑热并不那么恼人。当你弹起那把脱漆的吉他，把白天弹成细细的雨丝，把牧童弹入暮霭；抑或弹一串你自己喜欢的杂音，你可以坐在那间小屋里，最好把窗子关上，去读一本书，或写一篇感觉夏天的散文，一首独特的情诗。这时候，你会感觉到夏天并不一定都是绿树，绿草，风，如果你愿意，你可以去晒晒太阳，戴不戴变色镜都可以……感觉夏天，也是感觉自己。

夏天是无法重复的季节，夏天是五彩缤纷的季节。

二

两岸柳树，数不清的柳丝织成绿色的网。

河水流得缓缓，要不是河中探出一截柳枝，会让人怀疑河水是否在流动。鱼漂静静地浮在水面，你不想去管它。背靠柳树的躯干，让心自由地游荡。地上是绿茸茸的野草，有高有低，但看上去却是那样坦平，草的色泽有深有浅，但又觉不出有大的区别。几多白色、紫色、黄色的野花开得极平易、自然、和谐，看得时间久了，它们仿佛都变成了绿色，与草融为一体。草间有不知名的虫在鸣，实际上它们也无须什么名字。蜜蜂从一朵花飞向另一朵花，生命匆匆，无一丝懈怠。蜂儿采蜜为了生存，而夺取者奖给你一句甜言蜜语便觉坦然。你自觉悲哀，好在它们能在大自然中自由来去，你又为它们感到庆幸。林间枝栖一只鸟，婉转鸣啼，其声甚动人，那自然、脱俗、质朴的韵律，通过绿叶的纹络直渗入你的血液中。你的灵魂离你而去，与翠鸟并栖枝杈。你破译了它的语言，那语言诗一般灵秀隽永，每一句都充满了哲思。

林中的气息是极清甜的，任你想象任何一种食物或饮料的气息都不能与之相比。深吸一口，传遍全身，那种感觉就像平日的某种欲望得以实现后的快感。树叶很密，层层叠叠，阳光从窄窄的缝隙中挤进来，如同一把刷子，把你的全身刷得痒痒的，诱你去想象林外的蓝天、白云，整个身心充盈着一种追逐灵魂本性的深刻渴求。

这时候，你寻找到了平日丢失的自我。你成了一棵树，一株草，一束阳光，彻底摆脱了市井的喧嚣、生活的困扰和世事纷争。这时候，你便回到了童年，依偎在母亲怀中，没有恐怖，没有惊扰，连一粒石子都充满了笑意，一片草叶都充满了情爱。人生最幸福、最快活的时光就是童年，而童年常常被长大的自己看成无知。现在，你心中的小草和童年眼中的小草是一样的，每一棵草都有一个神秘的故事，一个永远解不开的谜。

鱼漂动没动你不知道。那鱼线像一根电话线，使你得以与河水的心灵息息相通，与河中的每一种生命保持一种默契，一种理解和友爱。你默默祈祷，愿河水永不枯竭，愿所有的生灵都能得到超脱。

江南有个桂花村

王立

加班至夜深，出办公室，忽闻院子里幽香阵阵，馥郁而不媚俗，清远而不疏淡。循香移步，只见月色下那几棵桂花树枝叶摇曳，金黄点点。想起李清照的《鹧鸪天》："暗淡轻黄体性柔，情疏迹远只香留。何须浅碧深红色，自是花中第一流。梅定妒，菊应羞，画栏开处冠中秋……"恍觉时已中秋，桂子飘香。在烦琐事务中沉浸日久，只感觉春夏秋冬倏忽而过，四季变化之美都淡漠在了尘世的忙碌中。如同这桂花在不经意间绽花吐芳，这日子在不经意间悄然流逝。

翌日有个会议在石门召开,这是文艺大师丰子恺的家乡。会议主办者还鼓动道,石门有个桂花村,正是桂雨缤纷时节,观赏一番,一定不虚此行。他这一说,我便心动了,抛开手头的工作,欣然应邀赴会。

这是一个运河岸畔的江南村庄,典型的水乡风情。桂花村三面环水,那条小河有一个很诗意的名称,叫作"月亮湾",沿河植有翠竹、银杏、榔榆等植物,满眼绿荫,甚是怡人。几百年来,桂花村民都有种植桂花树的习俗,村中现有金桂、银桂、丹桂等名贵桂树,终成满村桂林。待到八月桂花香时令,便"桂子月中落,天香云外飘"。

在村民们津津乐道的传说中,这桂花村居然与乾隆皇帝扯上了关联。当年乾隆皇帝下江南,浩浩荡荡的龙船沿运河而来,过了石门湾,乾隆皇帝闻到了沁人心脾的桂花香,便命循香行驶,至桂花村,龙颜大悦,在"桂花王"的树冠下畅饮桂花酒。乾隆皇帝曾六次驻跸在石门湾建立的行宫营盘头,大约就是留恋这江南的桂子飘香吧!

真假难辨的传说,或许是后人茶余饭后的杜撰,但是,桂林中的"桂花王"却名不虚传。也许真是受了乾隆皇帝的"垂爱",颇具王者风范。枝繁叶茂,形姿飘逸,金秋的艳阳从茂盛的树冠枝叶间透射下来,洒落满地黄金,那幽香清远的芬芳令人肺腑清澈,身心舒畅。据说"桂花王"是月下老人的化身,妙龄男女在此许个心愿,必定心想事成,姻缘美满。相围于"桂花王",有三棵树龄百年以上的金桂,分别命名为福、禄、寿,皆可见取其吉祥之意。

桂树掩映中坐落着十多间新建的小木屋,蒙主人盛情,入内小憩。木屋极是整洁,配有空调、床铺、卫浴等设施,供游客夜宿。木屋中弥漫着桂花的馥郁,打开窗户便可见一棵又一棵的桂花树,农家饲养的鸡、鸭在树林与农作物间欢快追逐着。在这样的木屋中,住上数日,攻读诗书,一定能体会到宋代女诗人朱淑真笔下的意境:

弹压西风擅众芳,十分秋色为伊忙。
一枝淡贮书窗下,人与花心各自香。

好客的主人殷勤相待,才饮桂花茶,又啖桂花糕。这桂花茶天然清香，荡气回肠。糖炒桂花糕，既糯滑又鲜甜。食之难忘，人间美味。

难怪三五成群的游客纷纷涌入这江南的桂花村，还有许多说着洋文的外宾，也满脸笑意地穿越在桂林丛中。从都市钢筋水泥的丛林中脱身出来，充分领略江南原生态的农家乐，回复自然的本真，悠闲而自如。

不须吴刚捧出桂花酒，欣喜的游人已醉倒在了这秋日的芬芳中。

灯下随笔（八则）

王立

下棋

我在少年时代就迷上了中国象棋。那时，我如同一只好斗的小公鸡，逮着谁，不管是同龄人还是成年人，非要"杀一盘"不可。渐渐地，我在村坊里小有名气了。晚上常有成年的棋迷老远地赶来我家，与我对弈厮杀。那些成年人与我这个少年人下棋时，常常显得大大咧咧的，调兵遣将间留有不少破绽，我便使出惯用的绝招暗度陈仓，来个"偷杀将"。对方尚在得意扬扬地决战于千里之外，却不料后院起火，自家老帅已乖乖地束手被擒，直悔得痛心疾首。而我则得意忘形，又是欢呼又是拍手，全然不顾对手难堪的脸色。

据说中国象棋是古代名将韩信发明的。一样的车马炮，一样的落子规则，两军对垒，阵营分明，就看你能否运筹帷幄，决胜千里。楚河汉界，硝烟弥漫，那是一种心智的较量，也是实战的模拟演习，谁攻守有方，谁就是赢家。

踏入社会以后，我棋缘依旧。只是山外有山，天外有天，强中自有强中手，更何况我的棋艺，平心而论，只是自娱而已。与强手交战，如同孔夫子搬家——尽是书（输）。从那时起，我就变得浮躁起来，战事一开，就欲置对方于死地而后快，或单枪匹马深入敌后，或集结兵力混战一番，结果总是损兵折将，溃败而去。二十岁那年，我曾参加过一场象棋比赛，面对强手林立，年少气盛的我沉不住气，如同一个勇猛有余、谋略不足的悍匪，跳马架炮，横车拱卒，最终却是攻不进、守不住。眼看着我的大好河山、皇宫帅府都被攻占，令我这个败军之将羞愤交加，无地自容，恨不能像楚霸王项羽一样举剑自刎。

这个惨痛的教训使我在相当长一段时间内对象棋望而却

步。在深深的反思中,我感到自己在下棋的过程中,意气用事,心态急躁,缺乏全局观念,导致了欲速则不达、首尾不能相顾的困境。

其实,下棋与做人一样,如操之过急,冒险急进,往往事与愿违,一败涂地;而如果把自己的地盘防守得固若金汤,不思进取,则了无意趣。虽有可能赢取对手,却绝无精彩的片段。因此,在对弈时,可以看出各人的风格与品性,进攻型的人锐意奋进,防守型的人四平八稳;有的人攻守自如,有的人拙于应付;有的人死得轰轰烈烈,有的人活得窝窝囊囊……

走过了青春年少的季节,在生活的底层跌打滚爬、历经磨炼之后,再度面对棋枰,我已不再激情洋溢,不再横冲直撞,而是平稳圆滑,攻守有度。看似淡泊却隐含杀机,看似雄心勃勃却踌躇不前。我常常在想,这到底是人生的成熟还是青春的消逝?

水的感叹

作为一个水乡中人,我对水怀有一种天然的亲近感,最倾心的是小桥流水人家的居住环境。只有当清泉汩汩流过我的心头，我的灵魂在水的荡涤下，才会滋润光华，灵性盎然。

浙北平原水网交错。儿时在乡下，家门前就是一条被称作"紫金浜"的小河，两岸遍植竹林与树木，河水极为清澈。那时，这河水既是村民的生活用水，又是灌溉农作物的水源。所有的村民对这河流十分珍惜。每一年春耕生产时，村里的壮劳力在船上罱河泥，把河道中的淤泥清理出来。这乌黑的河泥，可是农家宝呢，肥沃的绿色有机肥施在稻田里，种出来的稻米做成饭，那个香糯透亮，让人食欲大振。而那河道，罱过河泥之后，一派浑黄之色，经过一夜沉淀，又清澈如镜了。

后来，我到镇上工作了。这个水乡古镇四面环水，呈井字状的市河贯穿全镇，尤其是市东的语儿溪，古时溪水清冽，两岸植梅成林，每当春暖花开时，鲜艳的梅花随风飘落在语儿溪，故又称"梅泾"。语儿溪上有座桥，百姓俗称"女儿桥"。相传是古镇乡民为纪念西施而建。绝代美女西施曾在梅泾寓居并学习吴侬软语，后在这女儿桥下登舟前往姑苏，以身许国，对吴王夫差实施越王勾践定下的"美人计"，可叹吴王沉湎美色，终至兵败亡国。而这女儿桥成为古镇引人入胜的历史遗迹。

古镇的老人曾津津乐道从前的市河清碧如镜，站在岸畔看下去，水中的卵石、水草都清晰可辨。甚至有鱼儿悠游戏水，间或跃上水面，复又速翔水底。那时，这河水舀来喝着，都觉得甜津津的，特别解渴。只是后来，镇上有了自来水，居民便渐渐地不再爱惜这河水了，洗马桶，倒垃圾，及至死猫死狗漂浮水面，都习以为常。更为可恶的是，有些染色厂、化工厂随意地把污水废气排入河流，使昔日西施临水梳妆的一泓净水变得浊黄恶臭了。

我曾多次站在女儿桥畔，看着语儿溪日益干枯荒废，为那碧水遭受这万劫不复的厄运而不胜感叹。而我家乡的紫金浜，也一样地被污染了，水质恶化，从河面上望去，只有枯枝烂叶，看不到清亮的河水了。

对于我们的生活来说，空气和水都是不可或缺的。然而，也许是无知，抑或是任意，空气和水——这人类赖以生存的生命元素，都不幸地遭到了空前的污染与毁坏。想起这些年我出去旅游，看到名湖秀水都不同程度地被人为地戕害了，水系混浊，杂物漂浮，我的心不禁沉重极了。我想，面对这样的污水浊流，纵然任何一个唐宋大诗人再生，也决然吟咏不出任何赞美的诗句了，恐怕只是痛心疾首地长叹一声："气煞我也！"便拂袖而去。

水啊水！我在心中一遍又一遍地为你唏嘘。我们不应该只是从古诗中、从传说里感受水的纯洁、水的多情与水的柔碧。山清水秀，原是我们大自然的本色。

我多想结庐在清冽纯真的水之畔，盈盈江南水，悠悠润我心。然而，也许只有在诗里，也许只有在梦中，也许已经没有也许！

花之物语

千姿百态、姹紫嫣红的花儿，是造物主赐予大自然的杰作。春有桃花灿烂，夏有荷花芳菲，秋有桂花馥郁，冬有梅花吐艳，一年四季每个时令，都有花儿如期而至，让人赏心悦目。

花儿自有品性。菊花经霜，梅花傲雪，而荷花出淤泥而不染。据说当年则天大帝于冬月之间，要与两个幸臣张易之、张昌宗同游后苑，便下诏曰："来朝游上苑，火速报春知。百花连夜发，莫待晓风吹。"百花不敢违旨，唯心高气傲的牡丹花不受皇命，而被贬于洛阳，流放民间。牡丹花在洛阳，姚黄、魏紫甲天下。花之操守，庸人焉可望其项背？

花解人语，花亦通灵。如玉环之娇，倾倒天下，而花亦自羞。花有自知之明，极显可爱。而世人未必都有自知之明。

花儿不唯皇家园林，不独新春金秋，凡穷乡僻壤、污泥浊水、烈日炎炎、雪花飘舞，无不可盈盈绽放，争奇斗艳。妻曾于街头购得水仙花根，置于一盆清水之中，不多日竟吐芽抽枝，后又相继绽花，居室中暗香浮动，令人神怡。

爱花乃人之最美天性。但是，有的人爱花是为了占有，有的人爱花却是以心会心。明代冯梦龙的《醒世恒言》第四卷《灌园叟晚逢仙女》，以生花妙笔写了一个独特的花痴——庄稼汉秋先。这秋先虽是庄稼出身，却撇弃了田业，一心栽花种果，日积月累，在家后莳弄成了一个大花园，皆名花异卉，"四时不谢，八节长春"。秋先之爱花、惜花，人间罕见。他不仅痴爱枝头花朵，不容他人折损一花一蕊，又只许远观，不容亲近，而且就连落花，也珍惜至极。冯梦龙这样写道：

（秋先）又不舍得那些落花，以棕拂轻轻拂来，置于盘中，时尝观玩。直至干枯，装入净瓮，满瓮之日，再用茶酒浇奠。惨然若不忍释。然后亲捧其瓮，深埋长堤之下，谓之"葬花"。倘有花片，被雨打泥污的，必以清水再四涤净，然后送入湖中，谓之"浴花"。

清代曹雪芹所著的《红楼梦》中，千娇百媚的林黛玉也是这样一个"花痴"，她在大观园锦囊收艳，荷锄葬花，由花及人，顾花自怜，"质本洁来还洁去，不教污淖陷渠沟"。曹雪芹让林妹妹"葬花"，也许他的灵感就来自秋先这个花痴形象。

日饵百花的秋先沉迷于花丛中，花下独酌，卧对花眠，甚是自得其乐。却不料城中有个叫张衙内的恶少，领了家人闯入秋先花园，毁了怒放的牡丹，伤了护花的秋先，为了霸占这花园，状告秋先为妖人，使衙门缉捕了秋先。幸得瑶池王母座下司花女出手相助，惩治了恶少，张衙内命丧粪窖。

秋先逢凶化吉，家中牡丹又得仙女法术，落花上枝，茂盛如初。数年后，司花女奏闻上帝，上帝下旨封秋先为护花使者，专管人间百花。司花女说道："但有爱花惜花的，加之以福，残花毁花的，降之以灾！"

一花一蕊，自当珍惜。

菊韵花语

兰既春敷，菊又秋荣。芳熏百草，色艳群英。孰是芳质，在幽愈馨。

这是晋代王淑之在《兰确铭》中对于菊花的颂词。从古到今，文人骚客乃至仁人志士，无不对秋之菊寄情抒怀，咏唱不绝。爱菊、赏菊、颂菊……源于菊之风韵，菊之气节。

秋风寒露，草木萧条，百卉凋零。而在农舍乡野之地，秋菊傲放于秋露冬霜之中，好一派"正直浑厚之气，清逸冲穆之光，自昭彰而不容掩"（明·贾如鲁《爱菊论》）。春有桃红柳绿，夏有荷花芳菲，秋有菊韵桂香，冬有梅花灿烂。大自然之美，非笔墨所能尽述。天地有大美而无言。正如这凌寒怒放的菊花，不羡皇家园林，不慕新春争艳，独自绽放在秋天的原野上，芬芳着落寞暗淡的时光。

记得那一年晚秋，我与三两个好友驱车来到曾被列入世界吉尼斯名录的"田野菊海"——这是浙江桐乡的一大景观，是秋季赏菊的好去处。作为杭白菊发源地的中国杭白菊之乡，菊花在运河两岸的田垄畦亩到处可见。而置身于这世界上最大的菊海之中，便觉馥郁扑鼻，心旷神怡；但见繁花似雪，一望无际。身边不时有一袭蓝印花布服饰的江南女子，穿行在菊海田垄间，容颜姝丽，青春洋溢，莫非这是传说中的菊花仙子？

菊花仙子的故事在运河两岸脍炙人口，流传至今。在民间传说中，运河之畔的穷苦孩子阿牛为了治愈母亲的眼疾，一边给财主打工，一边开荒种菜，以换得钱财为母亲求医问药。阿牛一片孝心，虽未能使母亲双目复明，却感动了天上的菊花仙子。她托梦让阿牛在九月九重阳节这天去长满野草的天荒荡找来一株白菊花，每日以这花儿煎了汤给母亲服用。果然，到了第七天，阿牛母亲重见天日。

这江南佳卉杭白菊，百年来芳名远播，与杭州龙井茶共享佳誉，我以为不仅仅是因为集观赏、饮用、药疗为一体，更重要的是深厚的文化意蕴。菊花仙子美丽而又善良，助贫扶弱而不求报偿，正体现了运河儿女纯朴、高尚的品质。

因而，充满魅力的菊花形成了一种独特的传统文化。直把秋菊作知己，满腔情怀唯花知。不为五斗米折腰的陶渊明如此赞叹："芳菊开林耀，青松冠岩列。怀此贞秀姿，卓为霜下杰。"不失气节，乃为人杰。花亦如此，何况人乎？黄巢的《题菊花》借花言志："飒飒西风满院栽，蕊寒香冷蝶难来。他年我若为青帝，报与桃花一处开。"从中可见这个农民起义领袖的雄心壮志以及对菊花的偏爱之心。幸好黄巢没有做成分管春天的天神青帝，如果真的让菊花与桃花一起在春天争艳，这菊花便尽失气韵了。李清照是一个多愁善感的女词人，"东篱把酒黄昏后，有暗香盈袖。莫道不消魂，帘卷西风，人比黄花瘦"。幽怨伤感、凄清寂寥的词风，是李清照诗词的美学特色，纵是面对傲霜怒放的菊花，也只是一怀愁绪无处诉说。然而，在陈毅元帅的《秋菊》中，我则看到了另一种情怀："秋菊能傲霜，风霜重重恶。本性能耐寒，风霜其奈何！"那是一个革命家的乐观主义精神。

散淡地徜徉于银浪翻滚的菊海中，直觉天地之气贯注心胸，神清意澈。"采菊东篱下，悠然见南山"的闲情逸致便渐渐迷漫开来。红尘俗世的喧嚣远去了，让心灵重拾淡泊与宁静。带一身芬芳回归，居室亦暗香浮动。于灯下读书之时，冲饮一壶菊花茶，其色淡雅清澈，其味清香四溢，温婉清雅，仿如红袖添香，实是人间至境。这份幽香，必是要弥漫于这晚秋的清梦吧？

江南秋梦，菊韵花语。

秋日小品

走过了热烈的夏季，宁静的秋天便悄然而至。这个美丽的季节，已没有了梅雨时节的郁闷，也没有了夏日骄阳的燥热，天高气爽，风轻云淡，令人神定气闲。

秋天的乡村是收获的季节。四季分明的江南水乡，春播秋收，是农夫们最忙碌、最快乐的时刻。在尚未开镰的田头，静静地面对着波涛汹涌的金色稻浪，呼吸着大自然散发的馥郁气息，真正心旷神怡。金灿灿的稻谷，在秋日艳阳的映照下，丰满结实，橙黄诱人，漫地遍野里到处弥漫着成熟而醉人的芳香。父母们在辛勤地收获沉甸甸的果实，而孩子们则在田头的柴草垛里尽情地嬉闹着。秋日去乡村，能让你带回一份快乐，一掬芬芳。

秋天是古道、西风、瘦马的诗篇；秋天是嫦娥奔月、吴刚斫桂的神话；秋天同样也是文人墨客多愁善感、沧桑忧思的季节。红袖添香夜读书，文人秋思俱情怀。李煜秋夜独处，伤春悲秋，"无言独上西楼，月如钩，寂寞梧桐深院锁清秋。剪不断，理还乱，是离愁，别是一般滋味在心头"，凄凉之情跃然纸上；晏殊临秋怀人，望眼欲穿，"昨夜西风凋碧树，独上高楼，望尽天涯路"，一抒相思之苦；李清照感时伤怀，愁绪满腹，面对秋雁、菊花、梧桐、细雨、晚风……"怎一个愁字了得？"

杜甫哭茅屋为秋风所破，"安得广厦千万间，大庇天下寒士俱欢颜"，表达了一个文人内心的大关怀。言为心声，诗为言志。一样的景致，不同的感慨，映射出别样的人生况味与人生态度。

独立寒秋风满袖，夜凉如水，月色温柔。在月华满地的秋夜，相思最是故人归。秋季的中秋节与春天的清明节遥相呼应。清明节思念的是故人，"清明时节雨纷纷，路上行人欲断魂"。而中秋节，是思念远在天涯海角的亲人，"独在异乡为异客,每逢佳节倍思亲"。这是一个温情、感伤的节日,银辉泻地,温柔地漫遍故国神州。这中秋的一轮明月,是我们一脉真情的寄托,她使我们的亲情与思念翻山涉水、越过重洋而变得无比地融洽和炽热。中秋节,把秋天的美丽推向了极致——那是因为在我们的心灵深处,悠悠情思绵绵不绝。

在静谧的秋夜,一遍又一遍地倾听理查德·克莱德曼的钢琴名曲《秋日私语》,让秋天原始而又亲切的韵味在心头流泻开来。华丽的音符,时而激越,时而宁静,时而热烈,时而旷远。赤足的少年走在田埂上。山涧的小溪潺潺流过。阳光照射着稠密的林荫道。雁群掠过晴空飞向南方。帘卷西风,霜冷长河。层林尽染,落木无边。冷月清辉,江山辽阔。

从慷慨激昂、指点江山的青春时代,步入人情练达、怡静自如的中年人生,春花秋月,春华秋实,绚丽光华归于平淡朴实,歌哭飞扬化作悲欣交集,似水年华洗濯了喧哗与骚动,淡定从容如蓝天下的悠然白云。

一叶而知秋。一片片金黄色的落叶,在意境开阔的秋色中,悠扬飞舞,回归大地。青年女作家楚楚称之为"最后一笔激情";泰戈尔十分推崇的是"生如春花之绚丽,死如秋叶之静美";

我从中看到的是这样一种美丽的人生境界：淡泊而不忧郁，优雅而不消极。

到远方去

越来越厌倦几乎是封闭着的生活圈子，越来越渴望着逃离这喧嚣不已的滚滚红尘……

在钢筋水泥的丛林里，现代人狼奔豕突，如困兽一般疲于奔命，变得日益无奈而焦灼、困惑而痛苦。手头永远是做不完的事儿，永远狼狈得似乎身后有条凶恶的狼狗在锲而不舍地追着你，令你无法停止快步如飞的双腿，而前方的路依然遥远，依然是无边无际。到处是汹涌的人群，喧哗与骚动，名与利的浪潮向你席卷而来。你不可能逆流而行，只能随波逐流。心底总是充满了孤独不安，无所适从。

尘间俗世中已没有了幻想的天空。曾经年轻秀丽的你的脸上，不经意间布满了细细密密的皱纹，依然柔和轻盈的声音里，掩饰不住岁月的沧桑。似乎已好久没听到鸟儿的脆鸣了，也没注意到窗外的桃树花开花谢。只感觉到楼房越长越高，马路越来越宽广绵长。手握一片瓦砾，在丝绸般的河面上，打出一串漂亮的水漂花,或者抬起头来仰望星空,看牛郎织女七夕相会,恍然已是童年的梦中。梦里不知身是客,醒来只是泪蒙眬。

远方、远方,到远方去!

找一个孤独的江心屿,四面环水,无烟人间,搭一间茅屋栖居终老,就像李白一样独坐于敬亭山的"太白楼",千万年只有一种姿态:相看两不厌;或者觅一块沙漠中的绿洲,枕地而眠,头上是一片湛蓝湛蓝的天空,仿佛温柔得要把你彻底融化,融化成一片自由飘浮的白云;或者潜隐在一个千年古镇,不再有熟悉的人群,在一家小酒店的小方桌上,温一壶米酒,自斟自饮,任时光在米酒的芬芳中缓慢地流动;或者是坐化成东海之畔的一块石头,听涛声依旧,任海水扑打,洗濯一身尘埃,抛却一生疲惫。像石头一般无欲无求,而内心深处却保留着炽热的火种,你将为谁而爆发燃烧?石头始终沉默无语。

到远方去!

寂寞地一转身,突然偶遇了你!

你是我的结发妻子,还是我的红颜知己,这已经不重要。

重要的是，我们居然在这样一个远方，令人怦然心动地相遇了。你系一袭蜡染长裙，挽长发成髻，斜插一支金步摇。一个古典仕女。你浅浅一笑，恍如三月的春风吹拂而来；你凝眸一瞥，让我看到了一片蔚蓝而宁静的水域。你说过，或许是一个雨天，我正在雨中彷徨，你正撑了一把透明的雨伞，从遥远的地方穿越了亿万年的时间，寻寻觅觅，来到了我的身边，那一把小小的雨伞，遮风挡雨，无限温情。这世界在瞬间变得如此宽广和富有。

有你一路同行，远方不再寂寞。

我们在宽阔无垠的海岸边，静静地观看日出日落，感受内心的沧海桑田；我们在夜晚的星空下，细细谛听星星的幸福的絮语，恍如与恋人痴情眷恋的对话而永不疲倦；我们卧眠在茂盛疯长的花草丛中，穿越时光隧道，让蛙鸣蝉唱响亮在童年的梦乡中……

到远方去，放弃一身的重负，放飞一生的梦想！

梅妻鹤子，清风明月；渴饮山霖，饥餐秀色，一派逍遥自在。

远方，让我们一起去远方吧！远方，永远是一种诱惑；

远方,永远在远方。也许,远方更远,那是我们今生都无法抵达的距离,然而,我们依然乐此不疲地向往着远方,那是我们心灵中最遥不可及却是最美丽清澈的圣地!

博客江湖

我触网已久,穿越在一个又一个中文论坛,一直刻意追求的便是闲云野鹤般的心态,不断地复制、粘贴文字,但是从来没有攻城掠寨、占山为王的意思,基本上只是"到此一游"而已。后来博客之风兴起,我先后在天涯、新浪开了博客,起初亦是兴致勃勃,呼朋唤友,时间不长,便渐渐地淡了心情。乃至于田园荒芜,门庭冷落。

无论是论坛还是博客,我喜欢如水一般四处流动,任意而旷达,"常行于所当行,常止于不可不止"。厌倦了,全身而退;喜欢的,流连忘返。

正因为这样一种个性,我更多的是在潜水状态,默默地欣赏写手们指点江山的雄文,才情横溢的杰作,气势如虹的砖帖。最激动人心的当是砸砖和掐架。楼主与马甲共舞,板砖与口水齐飞。双方阵营皆是观点鲜明，精彩纷呈，于硝烟弥漫中可见真知灼见，呈现出百家争鸣的多元化思维。这是令人激赏的文化氛围。也有低级恶俗的掐架，以争相谩骂、人身攻击的下三烂路数吸引眼球。无论是砸砖还是掐架，我基本上只是作壁上观，偶尔参与一下，便鸣鼓收兵。从来没有刻意与哪一个或哪一群写手走得很近，但是心底里对"大虾"们、"马甲"们激情飞扬、暗藏机锋的独到文字始终是充满敬意的。那些敏锐的思想、犀利的观点，激荡着陈旧的观点，迸发出鲜艳的火花，总会让我眼前一亮，甚至震撼心灵。

就这样散淡地混迹于论坛与博客之间。忽然有一天，我打开新浪博客，收到新浪编辑马青尘的短信，告知我有一篇短篇小说入选《金庸客栈·十年》一书，不久我便收到了北京的邮件，这是新浪论坛十周年（1997—2007）庆典丛书，由中国友谊出版公司出版发行，其中收录了我的小说《土匪老碌的后代》，六千余字。该书的封面设计并不张扬，但印有这样一句很深情的话：

谨以此书纪念中文互联网论坛最初的岁月！

在这本书中，我看到了许多熟悉的名字以及那些早已在中文论坛、博客上读到过的文字。

不久，新浪博客的中国诗刊网和中国散文网发起了"洁云杯"征文，主编陈洁云选中了我的博文《姑苏情韵》，编入了由作家出版社出版的《生命的暗示》。这次征文活动及这本厚达四百多页的征文作品集，花费了陈洁云女士无数的心血和将近两年的收入。她对于文学的痴情挚爱，让我充满了感动。

记忆犹新的是新浪博客举办的"我的2008"活动。看到一个个熟悉的朋友在这场征文活动中纵横驰骋，我忽然也心血来潮，先是发了一组音乐随笔，尔后选择了"城市印象"这个主题，创作、发表了四十多篇征文作品。当时我全身心地投入在新浪博客中，不断发表博文，不断拉人灌水，玩得不亦乐乎。高兴的是，第一周我便获得了万元大奖的"周冠军"，这是一个意外的收获。

而在天涯社区，无论是博客还是论坛，一样地收获良多。由朴素主编的"天涯10周年作品精选文丛"，在《舞文弄墨卷：江湖阔处多奇遇》（广东经济出版社出版）中，选入了我的短篇小说《最后一个道士》。梁由之主编的"天涯社区闲闲书话十年文萃"之《这些书您都读过吗》(文汇出版社出版),我的阅读随笔《独特的卡尔维诺》有幸入编。在浩瀚无际的网络世界里,总是充满了意外的快乐,构成了无限的魅力。

就是在这样的过程中,我邂逅了不少老朋友,结识了更多的新朋友。新老朋友的有缘相聚,使我的每一段路程开满了鲜花。

作家余华曾经在我博客中留言:"你是写过《父亲的脊背》的王立吗?"他这一询问,许多往事栩栩如生地浮现而来。我当年那篇散文处女作《父亲的脊背》就是余华推荐给编辑发表的。这么多年来,余华还记得这篇千字文,让我百感交集。惭愧的是,我至今还没有写出过优秀的文字来,有负余华和所有老师的期望。写作是永远的漫长之旅,我只能继续不断地努力。

博客,博的就是客。相遇就是一种缘分。一个中文论坛上的独行客,注定要以文字与他人相遇、相识、相知。博客是个让人欢喜让人愁的江湖。欢喜的是我们以文字觅知音,寻共鸣,愁的是宵小之徒以小人之心度君子之腹,甚至无耻地把他人的文字占为己有。

博客江湖近,独行寂寞远。多年以后,当回忆起中文论坛上的博客岁月时,我想那些消失已久的事便会触手可及,让心灵深处充满了怀念与温暖。有些事儿只要亲身经历了,即使是一个会心的微笑,一句简短的问候,也会永恒地保留下来。流年似水,逝者如水,都是永存在现实的汪洋大海中。

人将谓我何?

生而为人,乃万物之灵。尘间俗世中人,总是为名利两字所累。无论你是名人还是常人,抑或是准名人,关键是给自己准确定位。钱锺书认为,名是"人将谓我何?"所以,人对"名"是需要正确对待的。

现实生活中某些"夜郎自大"的名人、准名人颇是自命不凡。画过几张画、写过几个字的,就以为自己是梵·高、郑板桥转世了;写过几则诗文、几篇小说的,就把李白、曹雪芹、鲁迅那些真正的文学大家不放在眼里了。颇具鲁迅笔下的阿Q遗风,以精神胜利法笑傲江湖——这完全是闹人来疯嘛!

《儒林外史》中有个范进,好不容易中了个举人,就发起了癫狂症。他那个做屠夫的丈人,上去给了他几个巴掌,结果给打醒了。——这范进,受不了成名的刺激,源于他没能准确对待所谓的"名"。如果他中了个状元,或许更会把持不住疯天闹地了,做丈人的怕只能举起屠刀劈了他吧。

红尘滚滚,名利喧嚣。人最可怕的是没有给自己一个清醒的定位。率真的王朔在《我看王朔》中这样调侃自己:"——给丫关起来,判二十年徒刑,那他就能最损写出一《飘》,一不留神就是一《红楼梦》。"

也许,王朔知道自己要写出《飘》或者《红楼梦》是极不可能的,所以他给自己假设了一个前提,就是判刑二十年。

当年,有人曾拟提名鲁迅为诺贝尔文学奖候选人,鲁迅得知后如是说:"诺贝尔赏金,梁启超自然不配,我也不配,要拿这钱,还欠努力。"他还认为,如果瑞典在诺贝尔文学奖上"倘因为黄色脸皮人,格外优待从宽,反足以助长中国人的虚荣心,以为真的可以与别国大作家比肩了,结果将很坏"。鲁迅是一个伟大而谦虚的智者,他清醒地认识到了中国文学之于世界文学的巨大距离。

很怀念王小波。生前寂寞身后荣。甘守寂寞的王小波,被称为"文坛外的高手"。他的"时代三部曲"——《黄金时代》《白银时代》《青铜时代》以其新颖的多视角叙述姿态、尖锐而深刻的批判力度、惊世骇俗的奇思异想,奠定了他在中国文坛不可动摇的地位，也填补了这个时代艺术思想的某种空白，成为千古绝唱。但是，王小波在不幸猝然逝去以前，一直是默默无闻的，没有自我吹嘘，没有大肆炒作，也没有造星运动，唯有兢兢业业、孜孜不倦地耕作在自己的艺术天地里。

北齐文学家颜之推说过："名之与实，犹形之与影也。德艺周厚，则名必善焉；容色姝丽，则影必美焉。今不修身而求令名于世者，犹貌甚恶而责妍影于镜也。"

可见修身治德之重要。轻狂傲慢，必损其名；德艺双馨，其名必善。

红袖添香

梁实秋是个颇有情趣的文人。然而，在《书房》一文中，他正襟危坐地说，（书房）红袖添香是不必要的，既没有香，"素腕举，红袖长"反倒会令人心有别注。看到梁实秋先生这么说，我就在想，文人总是有点心是口非的，圣贤书读多了，就道貌岸然起来。其实，从古到今，读书人讲究的就是读书的环境，或山水做伴，或红袖添香，或坐拥书城。然而，素腕秉烛青案前、红袖添香夜读书的人间胜境，皆为天下书生所羡。如那个一生仕途坎坷、生活潦倒的宋代词人柳永流连于旖旎繁华的风月场所，却写下了许多不朽的诗篇。我相信倚红偎翠、浅斟低唱的儿女风情，给了柳永永不衰竭的灵感，"多情自古伤离别，更那堪冷落清秋节。今宵酒醒何处？杨柳岸晓风残月。此去经年，应是良辰好景虚设。便纵有千种风情，更与何人说。"诸如此类的优美辞章奠定了他在宋词发展中的大家地位。坐拥书城而做学问的读书人确是令人可敬的，但是多愁善感的文人，大都是怀有红粉春梦的。《四库全书》的总纂官、《阅微草堂笔记》的作者纪晓岚是中国历史上最重要的文学家和思想家之一，但野史记载他是风流才子，八十岁还"好色不衰"。可见"红袖添香"没有让他心有别注。夜色温柔，红袖添香；佳人与书生，红烛与书卷。这是一种悠闲、温馨、曼妙的读书意境。所以，落魄书生蒲松龄以聊斋故事描绘出一个个鬼狐幻化的妖艳女子，慰藉寒夜苦读、穷困潦倒而无佳偶的失意学子，谓之红粉知己慰平生。翁容在《〈聊斋志异〉情爱模式的深层意识》中认为："穷困潦倒而具文才灵气的书生邂逅一个甚至几个丽绝人寰的异类女子，两情欢好之后，异类女子不仅让书生享受到'红袖添香夜读书'的乐趣，还任劳任怨地帮书生操持家务，生儿育女，助书生渡过难关，给他带来财富、功名或是干脆与他共登仙界。这就是《聊斋志异》中最为典型的情爱模式。"故窃以为，蒲松龄实是借《聊斋》以浇心中块垒，以幻觉中的红颜知己塑造成为红袖添香的主角，其梦想可谓美妙也。

深更半夜「盘纸头」

邱保华

夜深人静，雨打窗棂，我一个人坐在书房清理报纸，坐久了腰酸腿麻了，便站起来在室内转转，惊醒了熟睡的妻子，她还是那句话："这些废纸头，你怎么总也盘不厌哈！"

"盘纸头"是属于我的专用语，源于多年前父亲的一句"名言"。那年，母亲在家里用一堆花花绿绿的零碎布料，轧花拼鞋，父亲见了说："你盘布头，你儿子盘纸头，母子俩就这点爱好！"

盘纸头的确是我的爱好,甚至成为癖好。我夜夜清理的这些纸头,也还真的是"废纸头",是我积存多年的过期报纸。

自从购买新区的房子,准备装修以来,一直就为如何处理这么多藏书集报而筹划,甚至引来不少的烦恼。新居是肯定要布置一间书房的,可还是装不下这么多的书报呀,特别是报纸,收藏的那些自己喜欢的专号是几十年积累下来的,现在把它们归在一起,足有一米多高。这类藏品又厚重又占地方,还容易惹虫吸潮,是不可能全部搬到新书房里去的。妻子用秤量了其中的一捆,估量着说,足有八九百斤,要按时下收废报纸的价格,每斤八毛,可变卖六七百元钱。

可是我怎么舍得去变卖我的藏报呢?这是我几十年来一点一滴的心血结晶,要卖掉它无异于剜我的心头肉啊。然而,不作处理,把这么几大堆陈旧"废纸"摆到新房间去,显然不适。再说,报纸天天有,喜欢的专号也一直天天在积累,太多了也不可能再去阅读,所以还是决定丢弃一部分,保留精品。可这是艰难的选择,每一份都在手中反复掂量,犹豫不决,去留难舍啊。

一边清理报纸,一边回顾往事。最早收藏系列报纸,是

20世纪80年代初期。那时我在农村民办小学教书，义务给生产队当收报员，《人民日报》每一期的"大地"文艺副刊，那时是放在最后一版的上半版，我都悄悄裁剪下来，缀成厚厚一簿。后来我参加北京语言文学自修大学函授，按要求订一份《北京青年报》，一连三年每年都留下来，装订成合订本。以后，为了获得图书出版信息，订阅《书讯报》《中华读书报》，觉得资料珍贵，也全留下来。

集藏报纸的高峰是在20世纪90年代中期，我在单位从事文秘工作。单位订的报纸有多种，主要是由我保管，而那一时期报纸办得特别活跃，中国的"晨报""晚报""时报""文摘报"都是那一时期出现的，尤其是一些党报，也都竞相出版增刊、特刊、周末版、文化副刊等专号报，版面活泼，标题新颖，内容离奇，五彩缤纷，太吸引人了。各种报刊，只要是能得到的我都保存起来了，有的还按序号装订成册，做上封面，编好要目。日积月累，这样的合订本蔚为大观。

晚饭后，坐到报纸堆前，一张张一摞摞。眼睛瞅着那些五花八门的标题，就想深入看一看，但节奏不允许我停留在某一张报纸上的时间太长，于是再拣下一张，如此双手不停，两眼紧盯，时不时地站起来挺一挺酸胀的腰颈，头昏脑涨，却毫无睡意。夜实在太深了，想着明早还要赶单位的班，才无奈地逼自己上床，有时睡着了还在做翻拣报纸的梦。

盘点这些"纸头"主要有三大动作：一是把喜欢的裁剪下来，凑成专题，如本地风情、文友作品、与自己心灵碰撞的文章等，因为要布置新居，所以有关新居布置的知识也剪些下来。二是把有珍藏价值的留下来作为藏品，如重特大事件专刊、创刊号、终刊号、纪念专号等。三是把有些朋友喜欢的类型，拣到一起，准备分别送给别人。对这些没有一下子放进废纸堆的报纸，我想这也是一种缘分。

深更半夜"盘纸头"，盘出情思缕缕。每一张都是一份回忆，每一篇都能勾起怀想，有温馨的，有苦涩的。当年自修，收到一份《北京青年报》便欣喜若狂，认真做着上面的每一道题目。当年在学校执教时，苦口婆心动员孩子们订刊阅报，比如《中国少年报》，曾经就达到人手一份。每当邮递员送来一份新报，就像迎来一个新孩子。还有，从报纸中学到报道写作、文学创作，从而成为特约记者、业余作家。在报纸上看到引起共鸣的事情、认识震撼心灵的人物，便会通过信件交流，结识各地好友。通过报纸掌握了知识，增长了见识，这些收获实实在在，毫不夸张。拥有报纸，足不出户，目观全球，真所谓秀才不出门，能知天下事。

　　盘这些"纸头"，也真盘出些意趣。我看到明星八卦、名流绯闻，家家报社转；奇闻轶事花边新闻，张张报纸载。看到应景题材连年刊登，春天写花，秋天吟叶，六月颂少儿，九月说老年。看到同一位作者，把同一篇稿子，在这张报纸刊登了，换个题目到另一张报上再登。重盘一回藏报，就如登上时光流转的列车，走的是大经历，巡视的是世事变迁，世道沉浮。

　　有人说，现在网络发达，什么都在网上找得到，还要收集这些报纸干吗。有人说，现在信息爆炸，报纸一出即废，还有什么藏头。可我不以为然。我在寻报、藏报、翻拣、剪辑的过程中，收获的那一份宁静与兴奋，是无与伦比的。有此一得，人生足矣。

鸡毛墙外

沈出云

> 一地鸡毛,有何可言?不过,绝大多数中国人确实老死于由本单位同事交织而成的那一堵鸡毛墙内。
>
> ——朱学勤

生活问题

"作家应该经常到生活中去。文学创作,最最重要的是得有生活。没有生活是写不出好作品的。"经常能听到这样的话。

电视、报纸的报道中,也经常能看到某某作家深入生活,写出了一大批高质量的作品等。听得多了,看得多了,给人的感觉仿佛是:有些生活叫"有生活",有些生活叫"没有生活"。我很困惑:一个人写不出好作品,是否就是因为"没有生活"的缘故?那么,他的这种生活,正好是属于那种叫"没有生活"的生活吗?那些写出好作品的作家,正好生活在"有生活"的生活中吗?

我一直困惑于这个生活的问题。直到有一天,读到史铁生的《对话练习》,我才有种拨开乌云见日月的感悟。史铁生在书中这样说:"无所用心地生活即所谓'没有生活'……各种各样的生活都可能是'有生活',也都可能是'没有生活'……任何生活中都包含着深意和深情。任何生活中都埋藏着好作品。任何时间和地点,都可能出现好作家。"

由史铁生的话,我终于明白:原来生活到处都是,到处都有,到处都一样。各种各样的生活,都是平等的,没有"有生活"和"没有生活"之分别,要说有分别,那只不过是你有没有用心而已。

我终于坦然,我不用怀疑自己生活的价值,再不用到处去寻找"有生活"的生活，再不用逃避现在的这种生活。我要做的和思考的，是怎样用心生活。只要用心生活，任何生活都会出好作品！

生活的局限

在生活中，我们能做的不是选择生活——因为生活更多时候是不容你选择的，正如你的出生不容你选择一样——而是用心生活，发掘自己生活中的真、善、美。如你在黄山，你就别羡慕桑树的美，你就立足岩石，努力使自己长成一棵迎客松，供游人观赏；如你在平原上，你就别向往迎客松的美，你就立足于黄土地，努力使自己长成一棵桑树，供农人养活更多的蚕。

这在我读到刘亮程的《风中的院门》时，更加坚定了自己的想法。刘亮程说："对于黄沙梁，我或许看不深也看不透彻，我的一生局限了我，久居乡野的孤陋生活又局限了我的一生。可是谁又不受局限呢？……我全部的学识就是我对一个村庄的见识。我在黄沙梁出生，花几十年岁月长成大人，最终老死在这个村庄里。……当这个村庄局限我的一生时，小小的地球正在局限着整个人类。"他又说:"村庄是我进入世界的第一站……我们用一生的时间在心中构筑自己的村庄……生活本身的偏僻远近,单调丰富,落后繁荣,并不能直接决定一个人内心的富饶与贫瘠、深刻与浅薄、博大与小气。……一种生活过去后,记忆选择了这些而没选择那些,这可能是一个人与另一个人的根本区别。人确实无法选择生活,却可以选择记忆。是我们选择的记忆决定了全部的生命与写作……"

生活的局限无处不在。那么,我所做的,就应该是从自己的生活中,"选择记忆",努力"构筑自己的村庄"。在谭家湾村,如果我是一棵桑树,那就做桑地里最茂盛的那一棵;如果我是一棵榆树,那就做我家屋后最高大的那一棵;如果我是一棵水杉,那就做村东头大路上最挺拔的那一棵;如果我是一朵花儿,那就做田野里开得最艳丽的那朵不知名的淡蓝色野草花;如果我是一只小鸟,那就做在清晨的枝头歌唱得最婉转动听的那一只……

第二辑 茶中山水

古诗里的茶

苏白

卢仝被称为茶中亚圣,作过一首《七碗茶》的诗,这首诗流传很广,我倒是品不出它的妙处来。"一碗喉吻润,二碗破孤闷。三碗搜枯肠,唯有文字五千卷。四碗发轻汗,平生不平事,尽向毛孔散。五碗肌骨清,六碗通仙灵。七碗吃不得也,唯觉两腋习习清风生。蓬莱山,在何处?玉川子乘此清风欲归去。"如此直白,和打油诗类似,倒不能叫诗。

中国古代诗歌为正宗,小说家没有地位,为了显示地位、文化。小说家总要来个诗云,有诗为证,但那些诗实在是难以卒读,这个遗风,现在还有。我们一些散文家,喜欢抄一些诗来给文章添色,但那未必是添了色,反而让人觉得文字是累赘,甚至是失了色,扰了兴。有些散文,从头到尾都是引用。我总以为这些的文风,以及一些生僻的典故、诗文,没什么太大意思,这或者是考据癖和卖弄欲。

唐诗宋诗里关于茶的,不好的就不去说了罢。杜甫有诗:"落日平台上,春风啜茗时。石栏斜点笔,桐叶坐题诗。"此诗倒清新有意趣,我素不喜老杜,但他确实不是浪得虚名,譬如此诗意趣横生,有情有色有景,刻画了一种静谧;有动有静,在静中有茗。

宋代杜小山有句:"寒夜客来茶当酒,竹炉汤沸火初红。寻常一样窗前月,才有梅花便不同。"此诗为佳句,夜深人寂,有客来访,以茶为酒,煮茶正香,而月亮是那样寻常,有了梅花便不一样了。这样的夜,有茶,有客,还有一抹梅花,喝茶的意味,喝茶的情趣,喝茶的雅致都出来了,以至于三联版有本美食图书就叫《寒夜客来》。

宋苏轼之名句:"仙山灵草湿行云,洗遍香肌粉未匀。

明月来投玉川子,清风吹破武林春。要知冰雪心肠好,不是膏油首面新。戏作小诗君勿笑,从来佳茗似佳人。"以美人喻茶,可谓让人亲切;以美人比茶,可谓生动。有茶在手,如软玉温香在侧,齿颊留香,清远益清,真的是让人回味无穷的一件雅事。在杭州西湖更有对联集东坡句:"欲把西湖比西子,从来佳茗似佳人。"此两句诗,说西湖有西子之貌,说龙井也有佳人之姿,把个西湖之美、龙井之绝都写尽了。

储光羲的《吃茗粥作》说:"当昼暑气盛,鸟雀静不飞。念君高梧阴,复解山中衣。数片远云度,曾不蔽炎晖。淹留膳茗粥,共我饭蕨薇。敝庐既不远,日暮徐徐归。"此诗有禅意,有茶味,清淡而有滋味。

明代文征明写的吃茶,"寒灯新茗月同煎,浅瓯吹雪试新茶"。灯寒、雪寒,就着月色来煎一碗茶,那茶里有着月光,有着雪意,该是用的雪水吧。一炉炭火、一杯热茶,浅浅地盛了茶,那样的茶该是暖人心脾的吧。如此的茶,真是白衣胜雪,天造地设。

陆游诗"花摇新茶满市香",则是在新茶时节,繁华胜景时的一股热闹劲儿,一缕人间烟火,市集市声,透着一股宋时的繁华。

清代阮元"又向山堂白煮茶,木棉花下见桃花",这首诗倒有清茶之意,这样诗也暗合明代《煮泉小品》中"若把一瓯对山花啜之,当更助风景"之意趣。我倒以为山色起伏间,对着精舍,沏水煮茶,闲读经书,满目山色宜人,而那淡淡的木棉花下面,看灿烂的桃花都红了,这是诗的恬静中带着微醺喜悦的茶意。弘一法师曾说:"带着欢喜去吃茶,茶里就有了禅意。"这样的安静日子,木棉花里看到了桃花枝头春意闹,该是我们自在的内心里淡淡的欢喜了。这样的欢喜,因茶而生、因茶而起,而与茶俱寂俱灭,只在一念之间吧。

唐代白居易诗:"绿蚁新醅酒,红泥小火炉。晚来天欲雪,能饮一杯无。"这样的温情,这样的闲情,这样的雅趣,穿越了千里的时光,如历历在目,近在眼前。在要下雪的黄昏里,天空该是阴沉和充满了雪意,低低的,闷闷的。而红泥的小火炉里,是温暖的炉火,是茶正香,是生活味道。这样的夜,有一杯茶,喝上一两口,阴风也好,冷雪也好,也都散去了吧。我们的内心若强大,若温暖,看世界也便是暖洋洋的,春光无限的,那么冬也好,雪也好,云也好,雨也好。"春有百花秋有月,夏有凉风冬有雪。若无闲事挂心头,便是人间好时节。"

关于雪中的茶,白居易有一首《晓起》。"融雪煎茗茶,调酥煮乳糜",这里可以看到,唐人饮茶并不是散茶、清茶,而是奶茶。陆龟蒙"闲来松间坐,看煮松上雪",此句恐怕是曹雪芹写妙玉吃茶收集陈年雨水、雪水的灵感所在吧。松也好,雪也好,闲也好,一个煮字,道出了唐时茶道的文化,在繁复琐碎中的一种修炼和闲情。

李虚己句"试将梁苍雪,煎勋建溪云"颇有雪莱"冬天来了,春天还会远吗"的诗意。以雪化,煎出一场春来,前赴后继,新茶在壶中杯中何尝不是春呢?一茶一叶,一雪一水,热烈蒸腾,那是建溪里流淌着的早春呀。

我国文化、文学很多意象和意趣都在唐诗里。至今,我们读起这些句子,仍能品味到其优雅之处及高妙的意境。这是中华文化的魅力所在,也是传承所在。茶道融合了道、佛,也融入了生活和诗人的自我体验和思考,所以流传千古,时读时新。

宋人笔记里的茶

苏白

北宋时著名笔记《东京梦华录》(孟元老著),通篇几乎没有与茶有关的文字,只有分茶一说。

孟元老整本书写了开封风物、民俗、饮食,连煎饼果子都写到了,却没有写到茶,很让人奇怪,他对酒的着墨很多,这和李汝珍差不多。李汝珍的书里,酒出现的频率远远高于茶,这大概要怪李白、陶潜的示范效应。

诗仙李白好酒,斗酒诗百篇,这传说

现在遗毒深远，所以文人好酒是时尚雅癖。而好茶不好酒、喝酒不喝茶的袁枚饮食理论，在孟元老文字里是可以佐证的。我翻遍了书，愣没找到关于茶的事。

李开周《食在宋朝》也没怎么写宋代的茶，只讲了怎么玩分茶，皇帝分茶，也算是提了一下茶的名字。

宋代吴自牧《梦粱录》倒是写了茶，"盖人家每日不可阙者，柴米油盐酱醋茶"。这些是说茶的普及，家家户户不可缺少。北宋东京有无茶楼，《梦粱录》第十六卷有茶肆，写得比较详细，大意为茶肆装修豪华，有煮茶汤，是土豪聚会的地方，是人情茶肆，并不靠卖茶为业；还有的茶肆是"市头"，是行会聚会的地方；还有"夜茶坊"，夜市有专门提茶瓶沿门点茶的，可见北宋的茶肆就是个聚会会所。所以《水浒传》里写茶肆，写在这里打探消息很活络。施耐庵、罗贯中考证还是很仔细的，相反李汝珍就很马虎，写唐代的喝茶完全就是大清的搞法和做派，不用心不用功啊，所以《镜花缘》没《水浒传》畅销、著名啊。

这也告诫我们写书要多考证、多看书啊。

南宋《武林旧事》写了歌馆，这歌馆就是青楼销金之所，但偏偏叫茶肆,是寻欢卖笑之所,进门点个花茶要几千钱,支酒要数贯,还有各种"添费",花费很大。该书记载:外此诸处茶肆,清乐茶坊、八仙茶坊……各有等差,莫不靓妆迎门,争妍卖笑、朝歌暮弦、摇荡心目。真是"山外青山楼外楼,西湖歌舞几时休。暖风熏得游人醉,直把杭州作汴州"。

这北宋的茶肆是人情往来应酬场所,到了南宋临安温柔乡,则成了声色犬马的场所。

《武林旧事》还记载了进茶,北苑试茶,乃雀舌水芽所造,这个在《金瓶梅》中偶有描写,雀舌水芽也就是极好的茶芽,像麻雀的舌尖一样。

《红楼梦》里的茶

苏白

明清小说繁盛，四大名著均于此时产生，中国著名小说《红楼梦》中有颇多关于茶的描写。

《红楼梦》里说贾母不爱吃六安茶，妙玉就给了她老君眉。六安茶即六安瓜片，是中国传统名茶，产于安徽大别山区，贾母为何不吃六安茶？清代的袁枚在《随园食单》里说过，六安、银针、毛尖、梅尖、安化，概行默落，这里说六安茶不被待见，品牌符号衰落。袁枚作为美食家，提到的茶有君山茶,说:"洞庭君山出茶,色味与龙井相同,叶微宽而绿过之,采掇很少。"书中记载:"方毓川抚军曾惠两瓶,果然佳绝。后有送者,俱非真君山物矣。"这里的老君眉可能就是洞庭湖君山银针或君山毛尖。

但袁枚推崇福建茶,认为天下第一,中俄万里茶路起点就在福建武夷山,当时福建茶行销世界,这里的老君眉也可能是福建的金骏眉,是一味红茶,作家潘向黎曾做过考证,得出老君眉应为福建茶的结论。

贾母吃老君眉,出自曹雪芹《红楼梦》第四十一回。喝茶是在饭后,贾母说:"我们都才吃了酒肉,你这里头有菩萨,冲了罪过。我们这里坐坐,把你的好茶拿来,我们吃一杯就去了。""我不吃六安茶",因为六安茶是绿茶,绿茶未发酵有寒气,而君山茶是黄茶,金骏眉是红茶。冬天宜喝红茶,夏秋宜绿茶,这里有养生之道。贾母年高,红茶暖心暖胃,这符合常识;再者,从袁枚论述来看,六安茶在清代中后期已经衰落,龙井茶、君山茶比较名贵、流行。作为贵族仕宦之家,贾母不吃六安茶也是有道理的,符合其身份。

妙玉是《红楼梦》里的茶圣,她使用的茶具是成窑五彩盖盅，也就是成化景德镇的小件五彩。这样的茶杯，如今是天价，在清代也是贵重名器。关于"晋王恺珍玩宋元丰五年四月眉山苏轼见于秘府"，这是杜撰，清康熙年才出葫芦器，晋代、宋朝没这种瓷具。

第六十三回，林之孝家的向袭人说笑，要给宝玉沏些个普洱茶吃，宝玉前面说："今儿个回吃了面汤，停住食。"在清代普洱茶膏、普洱茶更多是作为一种养生保健的药物。如清代药物学家赵学敏所著《本草纲目拾遗》记载："普洱茶膏黑如漆，醒酒第一；绿色者更佳，消食化痰，清胃生津，功力尤大也。"当时人们用他治疗腹胀的不适，清代皇帝很重视普洱茶，所以王公贵族追捧。清人阮福道："普洱茶名遍天下，味最酽，京师尤重之。"乾隆诗："独有普洱号刚坚，清标未足夸雀舌。点成一碗金茎露，品泉陆羽应惭拙。"

第八十二回，林黛玉叫紫鹃，"把我的龙井茶给宝二爷沏一碗"，林黛玉是苏州人，江南人喜欢绿茶、龙井茶，当时名动天下。喝绿茶，也符合林黛玉冰清玉洁、高雅小资的气质。

红楼梦第八回，宝玉喝的是枫露茶。"早起沏了一碗枫露茶""那茶可是泡了三四次才出色"，由此可见此茶并非绿茶、黄茶。绿茶、黄茶只能三泡,枫露茶可能是枫露点茶,用春枫之嫩叶、取香枫之嫩叶,入甑蒸之,滴取其露。清代顾仲《养小录·诸花露》记载:"仿烧酒锡甑、木桶减小样,制一具,蒸诸香露。凡诸花及诸叶香者,俱可蒸露。入汤代茶,种种益人。入酒增味,调汁制饵,无所不宜……"将枫露点入茶汤中,即成枫露茶。

这个茶到底是什么?只能说可能是红茶、普洱或者黑茶,应该不会是绿茶。而且当时雪雁给黛玉送小手炉,宝钗还穿着蜜合色棉袄,冬季宜饮红茶、黑茶,也可以看出曹雪芹生于钟鸣鼎食贵族之家,深谙茶道,其家族为豪富大贵之家。当时江南地区盛行的是宜兴茶,即阳羡茶,宋代王安石云:"故人时忆旧,阳羡致新茶。"这茶可能是宜兴红茶,倒不是曹雪芹杜撰。

张岱小品里的茶

苏白

明张岱为散文大家,明末小品影响中国文坛,尤以民国为甚,民国散文大家几乎都受张岱、袁枚之影响,如鲁迅、周作人、梁实秋、林语堂等。

张岱出身仕宦人家,早年衣食无忧,也不求仕进,好美食、茶艺、花鸟、古董、文史,爱好极为广泛,是个大玩家,也是一个高明的学者,能把玩玩成学者,玩出名堂,玩到后人叹服,也算是个牛人。

张岱的著作,主要有《陶庵梦忆》《西

湖梦寻》《夜航船》，张岱也有篇小品叫《湖心亭看雪》，写的是某年西湖大雪，他到西湖湖心去看雪饮酒的事，虽是饮酒，却是寒日萧瑟酒当茶的意思，这里也就把它看作品茗。所谓白水一杯也好，浊酒一壶也好，清茶一盏也好，水、酒、茶都不重要，重要的是意思。

> 崇祯五年十二月，余住西湖。大雪三日，湖中人鸟声俱绝。是日更定矣，余挐一小舟，拥毳衣炉火，独往湖心亭看雪。雾凇沆砀，天与云与山与水，上下一白。湖上影子，惟长堤一痕，湖心亭一点，与余舟一芥，舟中人两三粒而已。
>
> 到亭上，有两人铺毡对坐，一童子烧酒炉正沸。见余，大喜曰："湖中焉得更有此人！"拉余同饮。余强饮三大白而别。问其姓氏，是金陵人，客此。及下船，舟子喃喃曰："莫说相公痴，更有痴似相公者！"（《湖心亭看雪》）

这样的萧瑟，这样的凄凉，真是"千山鸟飞绝，万径人踪灭"了。崇祯五年，黄河决口，农民军群居山西，登州孔有德反，海内鼎沸,天下大乱,大明王朝处于风雨飘摇之际。这样的时候,在雪里喝一杯薄酒,也是茶的意思了。二十多年前读此文,以为张岱是魏晋风度,风雅情趣。大雪起访客,兴尽而归,兴起则至。现在读来,倒是明人张岱在野的家国之叹,万般离索一杯酒了。而那独饮的金陵人,或是一个爱国志士、一个忧国之人,两人痴,谁比谁更痴?江湖之远忧其国其民。大明末季,也就只能西湖冬雪上,彼此相对无言,干了一杯苦酒。万般萧瑟,前途黯淡,明之将亡,也只能把一杯热酒化作一盏清茶了。

张岱后来穷困潦倒,不与清室合作,隐入山中,发愤著书,和曹雪芹类似。倒一改年少轻衫,鲜花怒马,成了安贫乐道,一箪食,一瓢饮,立功立德立言的颜回了。他忠于明室,受儒教思想熏陶,是个有气节的人。

张岱还写过一篇《闵老子茶》,全文如下:

> 周墨农向余道闵汶水茶不置口。戊寅九月至留都,抵岸,即访闵汶水于桃叶渡。日晡,汶水他出,迟其归,乃婆娑一老。方叙话,遽起曰:"杖忘某所。"

又去。余曰:"今日岂可空去?"迟之又久,汶水返,更定矣。睨余曰:"客尚在耶!客在奚为者?"余曰:"慕汶老久,今日不畅饮汶老茶,决不去。"

汶水喜,自起当炉。茶旋煮,速如风雨。导至一室,明窗净几,荆溪壶、成宣窑瓷瓯十余种,皆精绝。灯下视茶色,与瓷瓯无别,而香气逼人,余叫绝。余问汶水曰:"此茶何产?"汶水曰:"阆苑茶也。"余再啜之,曰:"莫绐余!是阆苑制法,而味不似。"汶水匿笑曰:"客知是何产?"余再啜之,曰:"何其似罗岕甚也?"汶水吐舌曰:"奇,奇!"余问:"水何水?"曰:"惠泉。"余又曰:"莫绐余!惠泉走千里,水劳而圭角不动,何也?"汶水曰:"不复敢隐。其取惠水,必淘井,静夜候新泉至,旋汲之。山石磊磊藉瓮底,舟非风则勿行,放水之生磊。即寻常惠水犹逊一头地,况他水耶!"又吐舌曰:"奇,奇!"言未毕,汶水去。少顷,持一壶满斟余曰:"客啜此。"余曰:"香扑烈,味甚浑厚,此春茶耶?向瀹者的是秋采。"汶水大笑曰:"予年七十,精赏鉴者,无客比。"遂定交。

这是一篇许多茶人赞叹不已的文章，实际上描述了茶饮中水的重要性，也刻画了张岱对于水和茶的了解。这篇文章或许有浮夸的成分，但不难看出张岱懂茶知水，是一位方家高人。过去陆羽等茶叶专家普遍认为，水是茶的灵魂，好茶需要好水，本地茶要配本地水，喝茶要懂水，所以陆羽评定出天下名泉。后来乾隆等还专门用银制器具来量水，历朝历代对于山泉鉴评标准不一，带有个人趣味。张岱的《闵老子茶》是一篇谈论自己能品出天下之水的文字，能品出各茶之味的文字，这也算是一篇活广告和软文了。其实自古以来，许多名胜，许多物产，许多茶叶、名泉都由文人推波助澜，由文人而兴起。文字、文化、传播的力量，成就了一个物产、一个品牌。

张岱自己就打造过一个著名茶叶品牌，兰雪茶，他在《陶庵梦忆》里说他自己做的兰雪茶，"色如竹箨方解，绿粉初匀，又如山窗初曙，透纸黎光。取清妃白，倾向素瓷，真如百茎素兰同雪涛并泻也。雪芽得其矣，未得其气。余戏呼之兰雪"。四五年间，张岱创制的兰雪茶，畅销浙江一带，好茶之人都认兰雪这个品牌。

张岱感慨家乡人、京师人都喝安徽的松萝茶，引进歙县人来制家乡茶，结果在绍兴分型，在我看来绍兴自古有名茶，引入名师和当时先进制法，配合本地之水，加上张岱这样的大文人，世家大族活招牌，这样茶不风靡也风靡。不过，从中我们可以看出张岱好茶知茶，还亲自做茶，真是一茶中高人。

《儒林外史》里的茶

苏白

《儒林外史》是清代讽刺小说,讽刺归讽刺,但其中关于茶的文字,却不在少数。

第一回中,请周进做先生,在庠的梅相公,申祥甫在周、梅两位先生的茶杯里放了两枚生红枣,其余都是清茶。该书假托明朝的事,这里加红枣也符合明朝的风俗,明朝多喝清茶。

周进到省城贡院考试,被打了出来,被抬到贡院门口茶棚里面坐下来。看来明代茶已经很普及,考试期间还有茶棚服务,不知道是官办，还是民间自发做生意。

第二十一回，杨协中烹出茶来吃了，这里用了一个"烹"字，烹是很厉害地来煮的意思。出茶，是煮出茶味，不知道这里是不是把茶放到壶上去烹，当然和战国拿油去烹人意思不一样。"烈火烹油，鲜花着锦。"《红楼梦》里也有这么一说。

第十三回里，讲双红这丫头，在旁递茶递水，公孙从心里喜欢她殷勤。这里也可以看出公孙喜欢喝茶，茶在明代为读书人喜好，是生活必需品。

而马二游西湖的章节，则浓墨重彩刻绘出明代杭州的饮茶风俗。

马二先生坐在南屏古寺里，吃了一碗茶，橘饼、芝麻糖、粽子、烧饼、黑枣、煮栗子还每样买了几个。这里可以看到明代杭州的茶亭里，吃茶有点心，和现在的广东早茶类似。

马二在西湖，看到卖茶的红炭满炉，他到一个茶舍里吃了一碗茶。过了石桥，在一个茶亭子坐了，和卖茶的聊天。由此可见明代杭州西湖景区的商业很发达，卖茶的很多，当时旅游业也发达，游客很多，否则不会这么多卖茶的。

第十四回，马二去吴山游玩，在钱塘江附近的庙门口，一条街都是卖茶的,有三十多处,泡了一碗茶,买了一个蓑衣饼来吃。

马二过了庙,到了小街,看到自己编选的书卖。又到了一个山冈,到一个庙,又看见茶亭子,又吃了两碗茶,买了几十文饼和牛肉吃。可见当时茶店、茶楼和小吃混杂,属于比较平民的消费。吴敬梓是全椒人,在南京一带生活,应该到过杭州,两地距离不远。对杭州风物、风俗非常熟悉。

这马二游了两次西湖,吃了五次茶。而且多数用的是碗,还多次吃点心、主食,甚至牛肉。这只能算是牛饮了,为了基本的饥渴果腹而吃茶。所以也没见马二对茶有何讲究、品味,这也符合他是穷酸文人一个嘛。

第十八回,潘三拿茶给匡超人喝,还叫书店买了两包点心拿回来。由此可见明清时期,南京喝茶习俗需要佐以茶点,并不完全清饮。

第二十一回中,牛老道:"我家别的没有,茶叶和炭还有些须。如今煨一壶好茶,留亲家坐着谈谈。"煨茶谈到炭,应该是明代保温技术不行,煨茶要先烧炭火,这个在前面马二游览西湖时,也有描写。茶店的炭火正红,"煨"字是慢慢的用文火来熬煮的意思，应当是烧炭火慢炖茶的意思。也是唐宋那种炉火正红，茶汤渐沸的意味。明代应当是泡茶，直接投茶入瓯，用沸水冲泡。明代人陈师在《茶考》里说："杭俗烹茶，用细茗置茶瓯，以沸汤点之，名为撮泡。"吴敬梓在这里这样写，应是中了唐宋诗的毒，想当然了。

第二十三回中，写到只见那小儿捧出一杯茶来，手里又拿了一个包子，包了两钱银子，递于他道："我家大姑说，有劳你，这个送给你买茶吃。"这个可以看出茶在明代待客中的礼仪里很常见，递钱给他买茶，也体现了明代茶在百姓生活中不可或缺。

第二十七回，鲍庭玺到仪征买个茶点心吃，和季少爷去了茶馆，拿上茶来，还买了一盘仪征肉包子。可见在江苏仪征一带，当时茶馆兼卖面点、茶点供客人吃。吃茶不仅仅是喝茶，还相当于湖北的过早、吃早点。也验证了明清时期，茶在江南的风行，一大早人们就要起来用茶、喝茶。

第三十回，道士摆上果碟来，殷勤奉茶。这里刻画了明代喝茶要配上果碟的意思。在我的家乡，春节时期也要奉上水果、瓜子、糖果、花生等物配茶给客人或者家人用。在单位会议、茶话会里，也要辅助水果等物。

总之,《儒林外史》刻画了明清时期江南知识分子饮茶风俗,其中茶的字眼比比皆是,但主要是底层市民生活,也符合吴敬梓长期生活在江南的身份,对于我们研究明清时期茶叶文化、历史也有一定参考价值和意义。

纳兰性德词里的茶

苏白

"谁念西风独自凉?萧萧黄叶闭疏窗,沉思往事立残阳。被酒莫惊春睡重,赌书消得泼茶香,当时只道是寻常。"清代第一词人纳兰性德的这首词非常著名,尤其是在近些年被传诵一时。诗经民风、楚辞、魏晋古诗、唐宋诗词传诵日久,人们耳熟能详。对于清代较为生僻的纳兰词颇具新鲜感吧。

这里"赌书消得泼茶香"是个典故。李清照和丈夫赵明诚赌书,言某事某句在某卷第几页第几行，以中否赌胜负，为饮茶先后中，举杯大笑。这里是纳兰性德回忆卢氏，和她一起生活的场景，这里吊亡妻之句，情真意切，一句"赌书消得泼茶香"，写出了两人才情兼备，情投意合。

"此情可待成追忆，只是当时已惘然"，李商隐写情朦胧缥缈。归有光"亭中之树，吾妻死之年所手植也，今已亭亭如盖矣"。与"谁念西风""赌书泼茶"都是千古名句，少年读此诗，常感叹茶香间的男女之情，胜过了苏轼的"明月夜，短松冈"的凄凉。

纳兰性德的《忆王孙·刺桐花底是儿家》中"刺桐花底是儿家，已拆秋千未采茶"，这里写的是年轻女子的心事。古代二月农忙，拆掉秋千，此时新茶未采，是晚春时节，茶在这里点明了季节。"睡起重寻好梦赊。忆交加，倚着闲窗数落花。"这里写少女心事，春梦了无痕，"未采茶"点明季节，"未采茶"这里有一点慵懒的意思，和李清照"和羞走"那句词有异曲同工之妙。未采茶，也暗喻了渴望有人来采摘，有山上的花为谁开为谁败的青年人的等待意思。

《镜花缘》里的茶

苏白

《镜花缘》为清李汝珍所著,不大著名。该书描写的是唐代的故事,我国宋代以前,文史资料较为缺乏,许多难以考证。清代考古事业没现代发达,影像资料也不丰富,所以《镜花缘》里的茶,也只能靠作家的想象力了。

《镜花缘》第六十一回《小才女亭内品茶 老总兵园中留客》,整个章节都是谈茶的,这在古典小说里是较为罕见的。其中紫琼说"茶"字就是尔雅"荼苦"的"荼"

字。"荼"字转为"茶"字，倒是介绍了茶字的演变。《镜花缘》是一部百科全书式的小说，但作为二流名著，比四大名著还是差了一个档次。

书中紫琼说的《茶诫》劝人少饮茶，因为世上假茶多，还说《本草纲目》曰，嗜茶易病，上古人多寿，近世寿不长，皆茶之所害。这里是小说家言，不符合科学。现代医学和植物学研究证明，茶是健康的护卫者，富含蛋白质、脂肪、碳水化合物、维生素、矿物质。其咖啡碱，可提神醒脑，茶多酚能防血管硬化，防止动脉粥样硬化、降血脂、消炎抑菌、防辐射、抗癌，具有保健、消暑解酒、清热、利尿等作用。总体而言，茶对人体利大于弊，有益健康。

第十八回写道，"那个老者又献两杯茶道"。书中多次用到献字样，"献"应为呈献、献上的意思，是敬茶，对客人礼貌、恭敬的意思。这里也可以看出唐代、宋代茶是招待客人重要的饮料，和今天类似。

诗与茶

朱晓剑

前几天,一群朋友在一起,喝茶闲聊。无意地说起了诗歌,有好几位对现代诗歌发表意见,什么诗写得垃圾,诗里没有精神,反正是一无是处。当然,对诗歌的见仁见智还是蛮有意思的事情。这就好像我们面前的一杯茶,因为口味不同,可能喝出的感觉也大不一样。

我注意到有一位经常读诗的朋友没有参与进来。也许在他眼里,诗歌是另一重风景,绚丽多彩,绝非是垃圾一语就能形容得了的。偏见,有时真是害死人。不由得想起了文艺上的纷争,以及上纲上线到用政治来衡量,结果呢,自然是跟风的多,性情的少。

这也是这个时代的通病。说白了,在今天做一个在生活中享受诗歌的人,是一种难得的体验。不要说懂得,即使是了解,怕也是困难的。那天,跟朋友坐在良田别院里喝茶,两人聊聊诗歌的诗,旁边几个人大声吆喝着斗地主。这样的场景倒是时常会遇到,也就见怪不惊了。说到底,在喝茶的过程中,能找到各自的乐趣就好。

对茶人来说,或许最难的是做一个解人。懂得不同的茶语,以及在茶的氛围里产生的种种顿悟。那是能跟茶、土地、茶树相沟通的,只是今天,我们连这个能力也变得稀少了。以至于常常拿自己的眼光去评判世界,自然会少不了"误读"。在阐释学上,也存在着这个问题。

如果说是我们这个时代的诗人出了问题,倒不如说是人类已不大懂得诗歌了。这就像对待行为艺术,玛丽娜·阿布拉莫维奇所阐释的,岂是今天行为艺术的乱象就能概括得了的。我当然能理解我们对生活的理解实在是"肤浅"的,即便是以自己的经验来看，却也有诸多的不靠谱，自然是难以把握住生活的方向。

有位朋友说，到了唐代，茶首次正式成为诗人生活密不可分的一部分，许多经典的咏茶诗在这个阶段出现，如卢仝的《七碗茶》、元稹的《咏茶》宝塔诗等都是茶诗史上的经典之作。对茶文化来说，唐代是其第一个融入主流文化并得到广泛认可的时代。看来，我们距离唐朝，还真是有不短的距离了。

诗人与茶的相遇

朱晓剑

成都是一个爱茶的城市，不管职业如何，大都喜欢喝茶，泡茶馆的人并不在少数。诗人和茶的相遇，总会发生奇妙的故事。

诗人何小竹曾说："我曾经写过一篇《明清茶楼》的小说，老茶客们很多都是诗人，都把明清茶楼当作办公、接待作者、吃午餐睡午觉，还有泡粉子的地方。为什么成都茶馆的椅子和其他地方的椅子不一样，它是那种整个人都可以躺下去，并且躺得很深的椅子，这些书商们吃完面，就窝在椅子上睡个午觉。下午三四点的时候就开始到处约人,因为晚上这顿饭还是要讲究点,要约人出去吃,这整个过程基本上就是那个年代不少成都人的真实生活写照。"

他所说的是 20 世纪八九十年代的成都茶馆风景,这道风景在今天依然是迷人的。

《河畔》里,诗人胡马写道:

落日下
鹅卵石脸庞被涂上温暖的橙色
一只白鹭将倒影投入流水的怀抱
它的自由
难以超越身边纷披苇叶的宽度
直到体温渐渐与茶杯接近
尘世的壮阔风景被苍凉吹灭

有一首名为《和张哮、卢枣在红瓦寺喝午夜茶》的诗里,记录下了喝茶的场景:

红瓦寺。九眼桥。望江楼。

遥远的钟声被过往的车轮代替
府南河里也没有了渔舟和画船
对岸工地灯火通明
尘土一群群越江飞来
扑向薛涛井、街道、书籍、呵欠
已经习惯了的肺和已经麻痹了的呼吸
而杯中的茶已经由浓渐淡
"可惜好茶不经泡啊!"
"是啊!是啊!头道水,二道茶嘛!"

茶在成都人的生活里所扮演的是日常小景。有味,却需要慢慢地品。张卫东在《我的成都诗生活》里记录下了喝茶的许多片段,诗人的茶聚,常常是从下午开始。在散花楼喝茶:"城里人假日出游、去登山／去郊外的风景中看风景／而我就在风景的后头／看他们离去时掀起的尘埃。"在培根路上喝茶,已经是十年前的场景,回忆起来,好像就在昨天一样:时代的青年好不自在。文化呀!他的牙齿咬了五下。纸烟们列队出发了,靓女们有时也来歇歇脚凑凑热闹。偶尔还有"西洋景"咧。谈兴更浓了,打头却不一样。他们多幸福,他们是沿着人行道走过来的。这条路他们熟。院子太小,茶桌挤茶桌。晚饭后又上了啤酒,喝少了他不干。"月上柳梢头,人约黄昏后。"他心里烦,就动用了激动的肝。遭人白眼,惶惶不可终日。启酒瓶盖儿,撞碎了瓶子扎破了手。看子夜血染红了诗歌半边天。他建议赌,结果全输了。"集子已经印出来了。"从川大工会活动站出来吃晚饭再移师这里。几个月后,那里便与时俱进地被夷为平地。他凄然地摇了摇头,看幸福的大幕缓缓落下。

外地诗人对成都茶馆的生活十分羡慕。江西诗人程维《一个外地人想痛痛快快地去一趟成都》:想去泡成都茶楼,痛痛快快地和朋友摆一次龙门阵。龚纯的《桂湖暮晚》:我们国家西南方的人民爱好游园、啜茶、摆龙门阵和摸麻将;也爱饮二两小酒,指一指西天/假如月亮在天上/仿佛就有了自己的朋党。

在另一首《去年八月在成都》里说:

> 酒喝得实在没什么意思啊
> 倒在沙河边的茶摊上半天日子
> 一动不动
> 意趣阑珊

诗与茶,好像是一对姊妹花,由此延伸出来的生活景象,丰富多彩,有时仅仅是从诗歌里想象一下,似乎也醉了。

2015 年 2 月 10 日

茶之书断想

朱晓剑

某次,我跟大象在文殊坊的一家茶铺里喝茶,偶尔闲翻其存放的书刊,这大概是成都茶铺里的一大特色,不少茶铺里有形形色色的免费期刊供茶客阅览,从这里也可获取一些信息。那次意外地看到冈仓天心的《茶之书》。大致翻了一下,极为喜欢,这样看觉得不够过瘾,就又在网上买了一册。

李长声在序言里说:"天心倾心于老庄,认为道教构成美学理念的基础,禅使之具体化。他说，老子主张事物的真正本质只在于空虚，譬如房屋的实质不是屋顶和墙壁，而是它们所围成的空空如也的空间。说到茶室数'寄屋'，他用谐音把汉字置换为'好屋'和'空屋'，'好'是趣味，因趣味而建，'空'是室徒四壁，不用多余的装饰，这小小草庵便有了道——'茶道是化了装的道教'。"

天心亦说："艺术的价值，只有在我们对其加以倾听之时，方才显现。"以此观茶道，大致如此。中国是茶的故乡，却并没有由茶延伸出所谓的茶道来，日本人却从此领悟茶的非凡世界。这种比较当然无法区分中日的差异。对日常生活中的茶的不同态度，可看出不同地域的风俗和习惯。仅满足于口舌之欲，缺乏对其进行深入的思考，就无法领悟茶的世界。

茶道犹如园林一般，地方虽小，却可蕴藏万千风云，趣味更是多元。从茶、花引申出来的哲学，是日本人对事物的珍惜，从此处出发，又能兼顾世界千般变化，这种思维，却也有独到之处。相比较而言，对事物的不同方式，决定了看世界的态度，对茶也是如此。

极致美学，大概可以解读日本人的生活方式，而这也曾是国人的生活方式，随着社会变革，粗俗占了上风，并成为一种主流，由此开启的是破坏美学，与传统渐行渐远，以致无法恢复了。

《茶之书》，是对生活的一种示范。当我们为物质世界所迷恋时，或许应该对这种生活方式亦有所反思，或如作者所言：

> 茶，是人们私心崇拜纯净优雅，所使用的托词。主人与宾客的来往之间，共同成就俗世的至上祝福，也让此情此景成为一次神圣的会面。在生命荒野中，茶室正如一隅绿洲，让厌倦世间枯燥乏味的人生旅人，能够相聚于此，一饮艺术鉴赏的活水。每次茶会，都是一次即兴演出，以茶、花、画交织出当下的剧情。色彩不应违反茶室基调，声响不可扰乱周遭律动，姿势不能有碍感官和谐，言语不当破坏物我合一；一举一动务求简单自然，这些全部皆是茶道仪式的目标。出人意料的是，人们常常可以成功达到这些要求。除此之外，隐身于茶道背后，更有套精致微妙的玄理：茶道思想，其实就是道家思想。

当我们面对一杯茶时，所思考的方式也耐人寻味，即便是谈论到禅茶一味，也似乎别有风味。但见喝茶者众，而思考者少矣。这如同作家李劼人笔下的茶铺，更像是日常交流的场所，与思想无关。不过，在学者看来，这种思想可能是细微的变化，在激进派看来，是一种沉沦。不管怎样，喝茶无法达到应有的境界，是现实观察的结果。

由茶深入到生活的肌理，再转到哲学的高度，由此完成的是对茶的礼赞，也是对现实生活的关照方式。

2015 年 2 月 23 日

竹枝词里的茶香

朱晓剑

最近,读到诗人杨镇瑜的一首诗,其中写道:"茶味淡时禅味老,有风有月未为贫。弹指百年人何易,好花每逐岁华新。"颇可反映时下都市人的心态。

竹枝词是由古代巴蜀间的民歌演变过来的,"志土风而详习尚",以吟咏风土为主要特色,与地域文化结下了不解之缘。《成都竹枝词》里记录了大量与成都相关的地方文化风物,其中写喝茶的不在少数。

茶馆中小贩非常多,文化名人刘师亮

在《成都竹枝词》描述："喊茶客尚未停声，食物围来一大群。最是讨厌声不断，纸烟瓜子落花生。"不管成都的茶馆名称如何变迁，但"最是讨厌声不断，纸烟瓜子落花生"，今天也是时常遇到的事。

每年的八月成都又是另一番景象，冯家吉在《锦城竹枝词百咏》说："茶半温时酒半酣，家人夜饮作清谈。儿童月饼才分得，又插香球舞气柑。"作者对此作注曰："成俗中秋夜，儿童以神香满插气柑而舞，名曰流星香球。"又有成都的施茶事："夏日炎炎可畏天，鼻端出火口生烟。茶香一服清凉散，甘露无殊小费钱。"茶园有时又指代戏园："梨园全部隶茶园，戏目天天列市垣。卖座价钱分几等，女宾到处最销魂。"

成都竹枝词一贯杂咏新鲜风物，有赞此景的诗曰："社交男女要公开，才把平权博得来。若问社交何处所，'维新'茶馆大家挨。"又，"女宾茶社向南开，设有梳妆玉镜台，问道先生何处去，'双龙池'里吃茶来"。双龙池系花市上的女宾茶社。另外，还有诗云："公园啜茗任勾留，男女双方讲自由。"可见晚清至民国成都这一段历史的社会风貌。

吴好山的一首竹枝词里说："亲朋蓦地遇街前，邀入茶房礼貌虔。道我去来真个去,翻教作客两开钱。"这种风俗至今在成都也颇为流行。为何成都人遇见朋友,愿意在茶馆而不是家里,大抵是早些年成都人日常生活过得节俭,居住逼仄,在家里聚会说不准会遇见尴尬事,而在茶馆里喝茶、吃饭等,只需很少的开支就能办理得很好。因此去茶馆坐坐,成为一种积习沿袭了下来。

蜀中著名书法家、诗人赵熙在《下里词送杨使君之蜀》里亦有与茶相关的描述:"青羊一带野人家,稚女茅檐学煮茶。笼竹绿于诸葛庙,海棠红绝放翁花。"此时成都很小,过了琴台路基本上就是城外。青羊宫所在的位置也是在城外,小女孩儿在自家茅檐下学着煮茶,想来亦是贫寒人家的生活。由后面两句可知当时的成都自然景观,古朴而不乏温情,让人想起唐宋时期的诗句。

方于彬是简阳人,方旭称其诗"庄雅清新"。在《江楼竹枝词》有喝茶的记录:"假山重叠竹阴斜,联袂游人此啜茶。纳尽晚凉凭曲槛,流杯池上看荷花。"这样的茶铺场景,在成都市区已很少见,想来不免觉得有些遗憾。

1937年,黄炎培随川康考察团入蜀,在《蜀游百绝句》里写过成都喝茶的场景:"小小商招趣有加,味腴菜馆涴秋茶。

临时生活维护处，不醉无归小酒家。"诗中的"味腴""浣秋"等俱是过去成都有名的餐馆、茶馆的名称。

在竹枝词里品味成都的茶香，些许的细节让人感到亲切，当穿越历史时空，我们再看这些老成都旧景，能感觉到茶馆里的沧桑，却依然是一代代地传递着茶馆精神。

2015 年 2 月 13 日

陆游的茶诗

朱晓剑

诗人陆游在四川生活了近十年，时值其创作旺盛期，故其作于巴蜀的作品甚多，当数以千计，而与成都相关的诗有两百余首。此外，陆游是美食家，也爱品茶，且是唯一一位做过茶盐官的大文豪。

其诗歌与茶相关的不在少数。如《冬夜与溥庵主说川食戏作》：

唐安薏米白如玉，汉嘉栮脯美胜肉。

大巢初生蚕正浴，小巢渐老麦米熟。

龙鹤作羹香出釜，木鱼瀹菹子盈腹。

未论索饼与馈饭，撅爱红糟并焦粥。

东来坐阅七寒暑，未尝举箸忘吾蜀。

何时一饱与子同，更煎土茗浮甘菊。

此诗作于淳熙十一年（1184年），当时陆游六十岁，正奉祠居于山阴。这是四川饮食生活的回味之作。熊经浴说，此诗中的"唐安"，古称蜀州，唐天宝元年（742年）改州为郡，蜀州改称唐安郡，唐至德二年（757年），又复称蜀州，今属四川省崇州市境。陆游曾被贬为蜀州通判，故对唐安薏米深有研究。又，"汉嘉"，指东汉顺帝阳嘉二年（133年）在四川西部设置的汉嘉郡。治所在今四川省芦山县境。"栭脯"，即干木耳。干木耳在古代被视为珍贵蔬菜，因其味道鲜美与鸡肉相近，故被称为"木鸡"，盛产于四川、福建等地。"更煎土茗浮甘菊"即所谓的菊花茶，用菊花放入茶中，可减少土茶的苦味。在著名的《浣花女》中：

江头女儿双髻丫，常随阿母供桑麻。

当户夜织声咿哑,地炉豆秸煎土茶。
长成嫁与东西家,柴门相对不上车。
青裙竹笥何所嗟,插髻烨烨牵牛花。
城中妖姝脸如霞,争嫁官人慕高华。
青骊一出天之涯,年年伤春抱琵琶。

这首题七言古诗写于淳熙四年(1177年)。在这以前,陆游曾在成都城西外的笮桥寓居,跟当地的农民有较多的接触。在这首诗里,诗人以生动的笔触,记下了他对农村生活的亲切感受。"浣花女"就是浣花溪边的姑娘。浣花溪在成都西门外,离陆游寓居的笮桥不远。"地炉豆秸煎土茶",翻译成现代汉语:豆秸正在地炉中燃烧,煎在炉上的家制土茶散发出了一阵阵清香。

另有一首《饭昭觉寺抵暮乃归》里说:

身堕黄尘每慨然,携儿萧散亦前缘。
聊凭方外巾盂净,一洗人间匕箸膻。
静院春风传浴鼓,画廊晚雨湿茶烟。
潜光寮里明窗下,借我消摇过十年。

这首茶诗作于淳熙三年二月,陆游时任成都府路安抚司参议官兼四川制置使司参议官,作为范成大幕府的幕僚,本以为范基于对他的了解会助他实现恢复计划,却慢慢发现范并无意于恢复,于是他再次坠入失望的深渊。

陆游在《九日试雾中僧所赠茶》中写道:

少逢重九事豪华,南陌雕鞍拥钿车。
今日蜀州生白发,瓦炉独试雾中茶。

诗中的"雾中",即大邑的雾中山(又称雾山),出产佳茗,山僧以之赠陆游,陆游以诗记之,可谓两情依依。又有《初春怀成都》:

我昔薄游西适秦,归到锦州逢早春。
五门收灯药市近,小桃妖妍狂杀人。
霓裳法曲华清谱,燕妒身轻莺学语。
歌舞更休转盼间,但见宫衣换金缕。
世上悲欢岂易知,不堪风景似当时。
病来几与麹生绝,禅榻茶烟双鬓丝。

在《病中久止酒有怀成都海棠之盛》里，陆游继续表达了类似的情感，这说明他早已把成都当成自己的"第二故乡"了。他说：

> 碧鸡坊里海棠时，弥月兼旬醉不知。
> 马上难寻前梦境，樽前谁记旧歌辞？
> 目穷落日横千嶂，肠断春风把一枝。
> 说与故人应不信，茶烟禅榻鬓成丝。

当然，在陆游的诗歌里，写到成都生活的地方还很多，单从茶这一方面来梳理就可以让我们看到一个老茶客的形象，栩栩如生地出现在我们面前了。

2015 年 2 月 15 日

《四川制茶史》小记

朱晓剑

虽然平时里也在这样那样的地方喝茶,但对于茶的问题,大概很多人也搞不清楚。"只要有茶喝就好。"可能是一种普遍的心态吧。如果说四川是茶叶的发源地,其理由是什么?这个问题也费思考,毕竟从文献里看,有实物考证却又可以佐证茶叶的生产问题。诸如此类的问题,似乎也困扰着喝茶的心情。偶尔从这里那里看到一点关于茶叶制作的信息,却不解渴。读到阚能才的《四川制茶史》,真有些如获至宝之感。

清代顾炎武《日知录》："自秦人取蜀而后，始有茗饮之事。"成为古蜀国最早饮茶的依据。而茶树种植和茶叶制造起源于西蜀的说法，阙能才从王褒《僮约》和吴理真蒙山种植茶树的传说加以确认，不过，这其中有一个疑问，如果民间传说不能够和历史文献相印证，即是一个孤证的话，结论就难免打折扣。接着，作者认为古巴蜀是最早的制茶中心，这可从毛文锡的《茶谱》中得以确认。那么，唐宋时期的茶文化可谓是集大成者了。

有意思的是，作者提出的一个观点是，高原牧区对茶叶的需求，推动了四川茶叶的不断发展。唐代设置的茶马互市或许可以看作推动茶叶发展的最佳途径。这有一个明显的案例是茶马古道的存在。茶叶制造技术是从四川传播到全国其他茶区的。在四川形成的绿茶、黑茶、黄茶制造工艺的基础上，东南茶区发展了红茶、青茶的制造技术；白茶是在古代晒茶的基础上发展演变而来的，最终形成了我国的六大茶类的制造技术。这可谓是发展脉络清晰了。

有时在论述某一类茶的发展史时，可能会因强调茶树种植、茶叶制作的独特性，而忽略掉了茶叶制作传播的途径。

很显然,喝茶是日常生活的需求之一,如同今天的大多数消费品一样,因消费者众多,才成为流行饮品的。

《四川制茶史》的第九章,探讨了茶叶饮用方式的发展演化。这不妨从茶具来看,古代茶具包括了制茶工具和饮茶的器具,"由于古代的饼茶饮用之前需要经过炙烤、碾磨、罗筛,因此,炙烤、碾磨、筛分的工具也称为茶具"。至明代之后,茶叶的饮用采用冲泡之法,不再炙烤碾磨。茶叶的制作工具和饮茶的器具才有所区分。

唐宋之前的饮茶方式或许能够给我们提供更为客观的证据。陆羽在《茶经》里记载,其方式包括炙茶、碾磨、罗筛、煮水、煎茶等,其后就是分酌品饮了。值得关注的是,唐代喝茶最为重视的是煎茶的水质。这与今天的喝茶方式是大不相同的。

宋代的点茶对饮茶方式的影响可谓是一座里程碑,现代冲泡饮茶的方式就是在点茶法的基础上发展起来的。虽然两宋时期战乱不断,却有了国民生活水平的提高,不少城市如扬州、杭州、成都等的生活状态、饮食文化都产生了质的飞跃。因此在喝茶方式上也就有了创新的可能。到了明代,饮茶的主要程序与今天十分接近：水质、煮水、洗茶、点茶、分盏等确定，如果不区分历史时期，也有可能被认为是当下的饮茶方式吧。

《四川制茶史》给我们提供了一个茶叶制作的演进史，从中可以看到茶叶是如何一步步成为国饮的。随着制茶技术的发展，茶树种植讲究因地制宜，从而丰富了茶叶种类，这也带给了我们无限的饮茶可能性。从这一点看，这部书虽是一部区域制茶史，却揭示了茶叶制作的众多可能性。

2015 年 2 月 17 日

茶与画的相遇

朱晓剑

茶与艺术有着密切的关系,但那不是普通的茶艺所能涵盖的,而是茶与艺术的融合。在读叶梓先生的《茶痕:一杯茶的前世今生》时,忽然就明白了茶与艺术的关系或许更为多样化,单单是从绘画的角度来研究不同的茶风和茶俗,以及由此演绎的茶文化,也有了更多的趣味。

中国是饮茶最早的国家,留下的茶诗、茶文、茶赋可谓是数不胜数,在绘画方面,也有不少的记录。如阎立本的《萧翼赚兰亭图》、赵孟頫的《斗茶图》、金农的《玉川先生煎茶图》等等，都各有风姿。如"最早的茶画《萧翼赚兰亭图》的左下侧，有一茶床，就是陆羽在《茶经·四之器》里提及的具列，专门用以摆放茶具。具体的茶具，有茶碾、茶盏托及盖碗各一。自此以后，凡有茶画，则必有茶具"，且"几乎在所有以茶具为题的画作里，都配之以梅，或者菊"，可从饮茶的场景来看，在不同的时代，饮茶人的着装、姿态、环境也有差异，但就内容而言，是与当时的背景吻合的。因此，从这些细节着眼，或许就能读懂茶史的更多内容。

这些，是叶梓观察的独到之处，他将饮茶的种种场景与绘画结合起来，构成了全新的解读。但他不是纯粹从历史或民俗的角度去观察，也并非着眼于学术研究，而是强调通过茶与画和古人的心气相通，如倪瓒的《安处斋图卷》里，"仅为水滨土坡，两间陋屋，一隐一现，旁植矮树数株，远山淡然，水波不兴，清雅的格调与疏林坡岸、浅水遥岑极为契合，清远萧疏，简朴安逸"。这真让人有几分发幽古之情。

茶之于日常生活，不只是闲情逸致，也还有很多的茶俗在其中，如文徵明有不少茶画，名气最大的莫过于《惠山茶会图》。这说明,早在明代,惠山就已进入文人的视野,常常三五相邀,在那里临山凭水,娱目养心。这虽是文人雅士于惠山一角竹炉煮茗茅亭小憩的片段,却与当下的茶风有所不同。试想,你坐在茶楼里,喧闹可能遮挡了自然山水的清音。现代社会的便捷所带来的和失去之间作比较的话,或许失去的更多一些了。

在当下的生活中,我们回头再看这些茶画,再回头读一读那些小品散章,都觉得古人的情趣和性情,是浪漫又奔放的,含蓄而又富有情味。所谓怀古就是怀念那一段逝去的美好时光。今天我们固然也在喝茶,哪怕是在长亭外、古道边,岂又能体验得出那情怀呢?对着《茶痕:一杯茶的前世今生》,我倒真觉得活在当下,看上去是丰富多彩的生活,却是太粗糙了,境界啦、哲学啦,都似乎是远去的事物,以至于在读画时,都会有些忧伤涌现出来。

以散文的笔调再现喝茶的场景,同时打通艺术的界限与隔阂,从不同的时代出发,不管是斗茶,还是煮茶,还是茶与琴的联合,都在传承着茶的精神:有无穷之味。这也正是《茶痕:一杯茶的前世今生》带给我们的启示。

叶梓先生在后记里说:"所谓人生,也就大抵如此了:一杯茶,几个朋友,读书、写字、闲逛,一晃,人生的暮年就来了。"这种感慨是读画的结果,也是茶与画相遇所产生的美好所致。当我们平静地喝一杯茶,不去思想万物,不去看那些茶中的艺术,可能就不会生发出这种感慨。但这却在提醒我们,应该珍惜的是我们的日常生活,它有美好也有忧愁,只是我们少了关注,才对生活的浮夸多了些欣赏吧。

第三辑

与故人谈

我心仪的三位老人

杨海亮

一

书柜里有一套资中筠的自选集。认识这位资深学者便是从这套自选集开始的。集子有五卷：《感时忧世》《士人风骨》《坐观天下》《不尽之思》《闲情记美》。题材虽然不一，但都是资中筠的人生和沉思。有思想，有情趣；有历史，有现实；有内政，有外交；有中国文化，有西方人情……一言以蔽之，学养深厚，思想精深。

资中筠从社科院美国所退休后，老而

弥笃，笔耕不辍。"对我这个半生为驯服工具的人来说，发现原来这支笔还能属于自己，可以这样来用，是一大解放。"那一代的知识分子，能够"我笔归我有"是实实在在的福气。学而思，思而学，形诸文字，自然不乏深度，不失真诚，可读也好读！

都说人上了年纪，便会不争、不闹、不气、不怒，可资中筠不这样。她越老神经越敏锐。虚伪、恶俗、权势的暴虐、草民的无告，以及种种不正义的流毒恶习，连年轻人都习以为常，她却看不惯、忍不住、受不了，有时还想拍案而起——尽管那些人事与她个人风马牛不相及，她是骨鲠在喉，不吐不快。

放言者不是什么"愤青"，是年逾八旬的资中筠。

面对这样一位忧国忧民的老学者，我们除了敬重，就只有汗颜了。

其实，资中筠"折腾"的目的很简单——传递启蒙的光。出书、演讲、访谈、辩论……所有的行动，不外乎为了回归常识，开启心智。她说："总的来说是悲观的，但悲观也不是绝望。"

资中筠家里有一架钢琴。年轻时，她喜爱轻快的曲子，如门德尔松的《谐谑曲》，柴可夫斯基的《胡桃夹子》等。如今，取而代之的是"老三篇"：《月光》《热情》和《悲怆》。

"人生不满百，常怀千岁忧。"想必，老太太的"忧"是欲罢不能了。

二

稍微与中国古典诗词有涉的人，不会不知道这个名字——叶嘉莹。

在诗词研究领域，她是一座旁人无法企及的高峰。然而，她与诗经、楚辞、唐诗、宋词的水乳交融、浑然一体，与梦想无关，与荣耀无关，甚至与职业也无关，一切只是出于爱。大胆地爱，固执地爱，纯粹地爱，最终是这份爱给她的生命注入了无限的勇气和生气。

退休之初，在英属哥伦比亚大学温哥华校区的图书馆里还有她的工作室，很小，也很简陋，一张书桌、一把椅子和一个书架。她喜欢在这里读书、写作和思考。常常，她会独自一人待上七八个小时，一个人的世界，满是诗词的世界。

虽然早已不在学校上课,但她依然谈诗论词。"山光悦鸟性,潭影空人心"带来的意境美妙吧?"青山横北郭,白水绕东城"呈现的画面还在吗?"长安一片月,万户捣衣声"给你的感受是什么?"蒹葭""荇菜""鹿鸣""猿啼""落霞""孤鹜"……代表的是草木,是兽禽,更指向一种生存文化和栖息美学,也是一部人间回忆录。

优雅的仪态,清新的台风,独特的吟诵,鲜活的思路,叶嘉莹的谈论总让人如痴如醉。既然他们想听、爱听,那就慢慢地说给他们听吧。

"我一生,七十年从事教学,这真是我愿意去投入的一个工作。"叶嘉莹说,"如果人有来生,我就还做一个老师。"传薪为乐,至老不休,正如她自己写的一句诗——"莲实有心应不死,人生易老梦偏痴。"

一把年纪了,为什么还不能安闲?叶嘉莹说古人留下那么多美好的诗篇,诗篇里有那么多美好的灵魂,美好的致意,美好的愿景,她要尽自己的力量,把自己所知道的,所体会的,说给年轻人知道。

确实,叶嘉莹一生命运多舛,但她念念不忘的是学生,是诗词,是文化。作为中国古典文化的传灯人,站在通往诗词王国的道路上,她诲人不倦,度人无数。她汲汲于授业,是生命的渴求,是人生的必然。

叶嘉莹,迟暮之年,以她的至真至诚至性呈示了一种永恒的魅力。

三

曾经的"我们仨",早在十六年前,就只剩下一个老太太了。从那时起,北京,三河里,那间栖身的寓所,被老太太称为"人生的客栈"。欢乐与悲伤,来来往往,都成了过客。

"锺书逃走了,我也想逃走,但是逃到哪里去呢?我压根儿不能逃,得留在人世间,打扫现场,尽我应尽的责任。"无疑,这是晚年杨绛活着的最大动力。

钱锺书说她是"最贤的妻,最才的女"。这个现场由她来打扫,这个残局由她来收拾,实在是再合适不过。换句话说,这也许就是天意。

钱锺书遗留的读书笔记有三类:一类是外文笔记,一类是中文笔记,还有一类是日札。数量之大,内容之多,闻所未闻,令人惊叹！在别人眼里，那是发黄的纸张，是陈旧的册子，可在杨绛心里，那是丈夫的心血与智慧，是学界的瑰宝与奇珍。

整理文稿，是脑力活，也是体力活。老太太必须小心地活着，硬朗地活着。粘补缺损，分类装订，查漏补缺，校正字句，七万多页，近百余本，老太太硬是一一整理妥当。当全部笔记影印成册，公之于众，老太太也就放心了。

期间，老太太还翻译了柏拉图的对话录之《裴多》；出版了回忆录《我们仨》；设立了清华"好读书"奖学金……走到人生边上的杨绛，依然燃烧着生命之火。晚年的杨绛与外界联系不多，因为她知道她的任务，"投入全部心神而忘掉自己"。

"我和谁都不争，和谁争我都不屑；我爱大自然，其次就是艺术；我双手烤着生命之火取暖；火萎了，我也准备走了。"

如今，老太太也走了。曾经的"我们仨"，还是"我们仨"。

弄堂里的日子

邱玉超

怀旧原来是上岁数的人喜欢做的事,而今不一样了,怀旧成了时尚。怀旧的色调比较单纯,有时是那种茶水洇在信纸上的淡赭色,有时是那种过时的中山装的浅灰色,有时是那种掉了碴的民窑青花大海碗的靛蓝色,当然也会有汁液饱满的橙黄色,如果非要用一种色彩去比拟,那只有去找 20 世纪二三十年代泛黄的日历或明星照了。有些忧郁,更多的是温暖。怀旧是安静的,时光斜在窗棂一动不动。追忆逝水流年,怀念人事沧桑。留恋过往,追思故人，留住失去的美。这些都属于怀旧吧？

怀念弄堂里的日子，就是怀念张爱玲。

北方人喜欢炖菜，文火煨，小火炖，慢火咕嘟，这样出来的菜热乎，滋味足。在这十二月的冬季读张爱玲，似乎有些不合时宜。现代女性作家，读的次数最多的是萧红，次之是张爱玲，再次之是苏青。萧红的人和文如北方四月的冻土，温暖含在坚硬之下，颇有些男子气。张爱玲和苏青则是纯粹的南国的水，柔软、多情，形迹清晰却偏偏不受制于岸。四十年代的上海，是被她们俩统治的，至少是那个时代的上海女人。女人们读着她们的书，过自己的日子，看似关联不大，其实是被她们左右着的。

张爱玲的面容长得似乎很一般，至少没有她的文章光艳。美女与作家有瓜葛，是近几年才有的事。在中国新文学史上，张爱玲是一个异数。张爱玲20世纪40年代初的横空出世，犹如一颗灿烂的彗星，划过天空，让人目眩。

张爱玲的作品是彻头彻尾的小市民文学，是鲜活生动的真正世俗文化。这和被政治窒息了创造力的主流文学的那种毫无个性、鲜讲技巧的作品相比，更贴合民众。她关注的都是日常生活中的"鸡零狗碎",人性中的小的瑕疵,市民的小奸小坏,小矛盾,小心眼,小花招……恰恰就是这些小的方面才是人生中日常的、永久的和每天纠缠得你身心疲惫的形形色色。

在张爱玲的作品和她的私人生活里,是没有什么忠奸之辨和纲常伦理的,她是极端的个人主义者。喋喋不休的谈食,谈服装,谈性,沉湎于私人生活空间。就技巧而言,可以说是炉火纯青了。语言的精当,感觉的准确和细腻,结构的天衣无缝,意境的凄迷哀婉,使后继者难以步其后尘。而精致聪明的叙述和阅尽人生悲凉的情怀的糅合,创造了过目难忘的艺术效果。比喻的精妙,除了钱锺书,别人是无法与她相媲美的。如:

生命是一袭华美的袍,爬满了蚤子。

她的文章华丽苍凉,色调炫目,繁复的细节,令人叫绝。她的文章既有古典的美,也有世俗的美。她个人则在喧哗后陷入孤寂。

童心不泯

邸玉超

童心是世间最可宝贵的，也是最难保持的。

丰子恺是位童心不泯的漫画家和作家。他时时从儿童生活中获取感悟，他的幼子阿宝骑着板凳说，"阿宝两条腿，凳子四条腿"，于是丰子恺画了一幅漫画，用儿子这句童真稚语作题。丰子恺认为，一个人不可失去童心，大家都不失去童心，则家庭、社会、国家、世界一定温暖、和平而幸福。

丰子恺是画家、书法家，也是散文家，他的《缘缘堂随笔》拥有广泛读者，其影响久盛不衰。郁达夫说，人家只晓得他的漫画入神，殊不知他的散文，清幽玄妙，灵达处反远在他的画笔之上。读《缘缘堂随笔》，重温大师文章，乐趣无穷。

《白鹅》《山中避雨》选入了课本，但我不太喜欢，我更喜爱《随感十三则》的妙趣横生。其第二则：有一种椅子，坐的地方，雕着一只屁股的模子，中间还有一条凸起，坐时可把屁股精密地装进模子中。丰先生说，每次看见，常误认为一种刑具。其三则：散步中，在静僻的路旁拾得一个很大的钥匙，不耐坐在路旁等候失主，也不愿藏进自己的衣袋，就擎在手中走路，好像采得一朵野花。我这里只是概说其中的细节，全文是"富有哲学味"的。

1926年早春，丰子恺与弘一法师住在江湾永义里，用小纸球抓阄，两次均抓个"缘"字，遂将书斋命名"缘缘堂"。于是我们得以读到他不同时期的《缘缘堂随笔》。丰子恺或画或文，无不充满童心爱意。

某一天，他把小燕子似的一群儿女从上海送回乡下，独自回到租寓，将家常零星物件统统送了人，唯留下四双儿女的小鞋子，整齐地摆在自己的床下，而且每每看到都会感到无名的愉快。爱孩子爱到如此境地的父亲，世间是少有的，这是一幅绝妙的爱子漫画，不知丰先生画过没有。

他在《儿女》中写道，这年夏天，丰子恺领着四个孩子坐在树荫下吃西瓜消暑，三岁的阿韦一面嚼西瓜，一面发出花猫似的喵喵声，五岁的瞻瞻说："瞻瞻吃西瓜，宝姐姐吃西瓜，软软吃西瓜，阿韦吃西瓜。"七岁的软软和九岁的阿宝说："四个人吃四块西瓜。"普通的日常生活小景，稚气未脱的童言，在丰子恺的心中、笔下，神思飞扬。他认为，阿韦的音乐的表现最为深刻，完全表达了孩子的欢喜感情；瞻瞻把这欢喜的感情翻译为诗，已打了折扣，但仍带着节奏与旋律，犹有活跃的生命流露着；软软与阿宝的散文的、数学的、概念的表现，比较起来更肤浅一层。然而孩子们全部的精神没入吃西瓜一事中，其明慧的心眼，比大人们所见的完全得多。天地间最健全者的心眼，只是孩子们的所有物。

丰先生的评判是欠公允的，然而公允的父母有这样的童心童眼吗？至少我的身边是没有的。丰子恺的心被四事占据着：天上的神明与星辰，人间的艺术与儿童。日本的一位作家说丰子恺对万物有丰富的爱。童心看世界的人,心中怎能缺少爱呢。

《缘缘堂随笔》囊括了丰子恺1925年至1972年创作的经典随笔一百〇一篇,由其子丰一吟编辑。其中许多篇是描写令人神往的作家自己童年时代生活,更有许多具有浓厚"舐犊之情"的写儿女童趣的作品。丰子恺的随笔不仅是为文者的范文,也是为父母者的有益读物和教材,而喜欢漫画的读者或漫画作者会得到意外收获。

人之初,性本善。童心如朝露,天然纯净,不曾被世俗污染,因而弥足珍贵,但也容易破碎干涸。其实,每个人都不乏童心,只不过成人迷恋于现实的圆熟,有意无意间,将童心作茧,或者干脆主动扬弃掉,以适应生存的挤压与世故的防卫。丰子恺在《谈自己的画》中写道:

> 成人的世界,因为受实际的生活和世间的习惯的限制,所以非常狭小苦闷。孩子们的世界不受这种限制,因此非常广大自由。年纪愈小,他的世界愈大。

现代汉语词义的变异也足以证明,比如"天真"一词,对于孩童,它仍然保持着褒义的原意,而用在成人身上,则成为一个暧昧的词,甚至是一个危险的词。

当年阿Q画圆时是存了些童心的,只不过生的渴望让他把一个圆画成了瓜子形。鲁迅先生将《阿Q正传》的最后一章题为"大团圆",是否暗示着阿Q画完人生这个圈呢?人之将死,还想把一个圈画圆,如果换成今日一位普通老人,不是也很可爱?如果换成另一个情形下的普通人,也算活得从容。童心被社会环境蒙尘,是儿童的不幸,更是成人的悲哀。结缘"缘缘堂",读懂孩子,你的世界会焕然一新。

绿的梦幻

邸玉超

一

1928年,苏雪林署名"绿漪",在北新书局出版了她的处女作散文集《绿天》。苏雪林创作于20世纪20年代的散文作品多为抒情之作,最具有代表性的应该是《绿天》。《绿天》收录散文《绿天》《鸽儿的通信》《小小银翅蝴蝶的故事》《我们的秋天》《收获》《小猫》六篇,该书出版后,十多次再版。书中描写了女主人公的婚后生活,热烈而甜蜜,表现手法细腻，犹如一幅柔美的工笔画。尤其是散文集的首篇《绿天》，充满诗意。一位台湾地区的读者说《绿天》充满了人情的温暖以及人性的芬芳。

苏雪林1897年生于浙江省瑞安县，原籍安徽太平县（今黄山市黄山区）岭下村。1998年5月22日，苏雪林终于回到了大陆，回到了久别的故乡。从1949年离开大陆，到1998年回乡，时间已经过去半个世纪。回乡一年后的1999年4月21日，苏雪林在台湾成功大学附属医院走完了她一百零三的漫长人生旅程。根据苏雪林生前的遗嘱，她的骨灰运回故乡岭下，安葬在母亲的墓旁。她可以日夜陪伴在母亲的身旁，聆听故乡的溪水安心长眠了。

苏雪林是现代文学史上享年最长的作家，集作家、学者、教授、诗人、画家于一身，一生执教半世纪，笔耕八十载，著述六十五部，创作两千余万字。

散文集《绿天》的名字，取自她的一篇散文。那是一篇优美的梦幻般的作品，那是作者心中憧憬的现实和梦想的一片绿天。

那里是苏雪林心灵的庇护所，是她理想中的"地上的乐园"。

二

这是个与苏雪林描写的葱葱郁郁的"地上的乐园"相似的绿屋。

其实,屋后的树比屋前的要高,但屋前的是垂柳,叶子好密,色泽好浓,如同少女的长发。在一棵柳与另一棵柳之间,可看到那屋的一角,神秘而美好的一角。

你已经记不清来这多少次了。你总穿那件荷叶般的裙子,长长的,柔柔的,没了小腿。那屋可能在午睡,在柳荫的覆盖中,轻轻地,传出温暖的鼻息。地上是鲜嫩的草,是画家随意渲染的那一种,滋滋润润。几只白蝴蝶若梨花在草尖上飘。你轻轻地迈动步子,想穿过垂柳,当手指刚触到柳叶,又停住了。你觉得看一眼就足够了,为什么要惊动它呢?

这样,许多颇具诱惑的夏日融化在梦境里,你的荷叶般的裙子褪了色泽。

你迈着疲惫的步子又走进它,终于鼓足勇气撩开了那柳丝。那屋墙上的藤网已经干枯,藤叶已经坠落,一叶叶如同破碎的心。门上有锁,已经锈死,如同你颈下暗红的项链。

你的手指长进门板。午后的阳光洒你一背哀伤。

当你转过身来,看到垂柳那边有一双洁白的高跟鞋在犹豫。你走过来,见她的秀发如垂柳温柔而浪漫。你告诉她:
它还在睡。

三

那绿屋其实是刷过一次白灰的。

在河的那一端,在山的深处,白天好暗,黑夜好亮。林中有几条小路,在树丛与藤蔓间,如根绳子,隐隐现现,系在绿屋的门槛。

你扛着猎枪,成天在林中转,那些鸟儿就栖在你的枪筒上,扇着绿翅。

你的枪法好准,随着枪响,百米外的酒瓶子就砰然而碎,惊得空气微微颤动。然而你从不轻易开枪。那一天,一只狼,一只毛色灰亮,眼睛炯炯有神的狼冲你走来。那时候你正在喝酒,刚刚喝了两口,见狼来了,就把靠在绿屋上的枪平放到地下了。那狼奇怪地盯着你,心想:"你怎么不开枪呢?"就没精打采地拖着沉重的尾巴走了。

林中总那么静。

屋边有泉,像女人的眼睛,永久地流泪。鸟儿成群结队地飞,在绿叶间,无休止地唱,把小松鼠唱傻了,呆立在怪石上。一只野兔从树丛中跃出来,把耳朵伸得好长。

你独自躺在绿屋,听泉水如你的女人在低低哭泣。女人们都说你是一棵树,或是一只野兽,你就真的认为自己是树,或是野兽,一天天守护着这绿屋,守着绿屋以外的世界。

有那么一天,林中真的响了一枪,无数叶脉相接,把声音传给了绿屋,你便立在门口,望着那声音的轨迹。一只狍子慌慌地奔过来,从你的胯下钻过,躲进绿屋。惊愕间,有一男人端枪而来,你也端起枪,枪口与枪口怒目而视。

后来所有的林木都暗下来,包括鸟儿的歌声……

明亮起来的是绿屋。

四

小提琴曲从绿色的小巷飘来,幽深,委婉,隐含着淡淡的哀怨,轻轻的叹息。

你倚窗。试图要从那琴音中发现另一个人的秘密,顺着琴音曲折悠长的小巷,走进另一个人的心灵。

几扇小窗,透出淡黄的灯光,宁静而神秘。

夜渐疲惫,而琴声不绝。

谁知她为谁而弹呢?想听,她便为你;不想听,她便为自己。

蟋蟀们在叫。

不知那个女孩子今夜是否已经安睡。

你就这样望着,听着,想一个古老的神话。

一颗星从远方划过,一个不安分的灵魂啊!你这样想。

琴声不知何时已绝,小巷留下一腔寂寞。

这是哪一年的夏夜呢?

与孙犁为邻

杨晋林

> 不知是看了水中蒹葭,还是长河落日,庆幸我不停迁徙的祖先最终选择滹沱河畔筑庐为舍,并把栖居地固定在这条浑浊不堪而又盛名卓著的河流上游,成为我永恒的籍贯。由是,我能够与下游的孙犁为邻。
>
> ——题记

孙犁一再说他的故乡安平县的孙遥城村就在滹沱河南岸,我的故乡定襄城也在滹沱河南岸，相隔千里，我却知道城北这一股活水终究要出现在孙犁大师的视线里。假使我早生一个世纪，被我放逐在浊流之上那盏纸糊的河灯必定要经过孙振海（孙犁原名）的家门口，纸船明烛照天烧，我所营造的属于滹沱河的风俗景致也一样会收入少年孙树勋（孙犁学名）眼底，我们临水而观，沿河为邻。

一

与孙犁为邻，使我诚惶诚恐。一袭布衣的孙犁不允许我称呼他大师，只准我喊先生，是那种不为五斗米折腰的陶潜一样的先生。于是我知道，先生是那样的儒雅肃敬，不求闻达，先生人格的光芒和磊落风骨是我今生无法企及的标尺。在对先生充满虔诚的敬畏之中，我忽然读懂了孔夫子的千古教诲——"与善人居，如入芝兰之室，久而不闻其香，即与之化矣。"

应该说是先生影响我沿着滹沱河被时光锈蚀的大堤逆流而上，从道光时期"司马第"内走出的徐继畲那里修习怎样另眼看世界；从民国初年永安村的少年徐向前那里捕捉运筹帷幄的先知先觉；从独立岸边，恣情讴歌滹沱河的大个子牛汉那里汲取作为诗人的非凡气质……因为我对文学的挚爱，所以会更加频繁地越过太行山，去造访抗战前夕的孙遥城村，在滹沱河的呜咽声里与一介书生的孙犁抵掌而谈，耳濡目染先生通灵的文笔和清朗隽永的精神素养。

有一段时间，我觉得我貌似先生了，走有先生的走相，坐有先生的坐相，捉笔在手，泼墨抒怀意象中的风花雪月，就连骂人都不带一句脏字，有人甚至开始尊我为师了，但是先生告诉我——大道低回，大味必淡！我顿时矮了一大截，猥琐成先生笔下的一只叫作"椿象"的带有黑白斑点的小甲虫，没人能理解我当时的感受，假如地面有一条缝儿，我一定会顾头不顾尾钻进去的。庄周说过"朝菌不知晦朔，蟪蛄不知春秋"，我与朝菌和蟪蛄何其相似？

从那刻起，我突然明白先生落在纸面上的闲适自得与大智慧，先生刻在骨子里的平和质朴与高洁傲岸是我等今生仿都仿不来的，并不因为比邻而居就能潜移默化。当然，我能够明辨自身的不足就已算是孺子可教，除此而外我还能够感知穿在先生脚上的那双圆口布鞋是多么熨帖而合乎身份，又是多么轻便而纤尘不染；我还能够领会戴套袖的先生在秋风起兮的豆子地里捡豆子的随心所欲,同时也乐意伸手帮先生把糨糊抹在漏风的窗户缝上,然后目睹先生把一条浸染沧桑的白麻纸贴上去,轻轻用手抚平。

二

与孙犁为邻,我逐渐学会以平常心眺望生命中的月升月落,云卷云舒。然而,当有一天我无意中看到门前那条著名的长河气息奄奄时,竟然不知该不该对先生提起。那是一条贯穿先生生命之源的河流,先生在知道河水枯竭后,会是怎样一种感受?尽管那又是一条自由散漫惯了的长河,从泛滥不羁的童年开始,一直义无反顾滔滔东流,湍急中度过了浮躁的青年与持重的中年,终于到了风烛残年的时候,我不敢把河流的尾声告知天堂里的先生,先生知道后会伤心的,那绝对不是先生梦境里的一树桃花萎靡,也绝对不是一朵朝霞的溃散,更不是一声云雀的跌落尘埃,而是孕育先生艺术灵感的母亲河即将枯竭了。

我知道先生笔下的滹沱河永远活力无穷,"今年向南一滚,明年往北一冲,自由自在地奔流";而我的乡党诗人牛汉也说:

"它不像水在流动，是一大块深褐色的土地在整个地蠕动。看不见飞溅的明亮的水花，是千千万万匹野兽弓起了脊背在飞奔……"但谁又能想到，这样一条性格狂放的长河有朝一日会细瘦成一股馊水？先生，你眼中翘立荷香里的鹭鸶鸟呢？你眼中的对艚大船、赤足纤夫和片片白帆呢？

说起滹沱河，我蓦然想起先生的母亲，那个裹着小脚曾在小油灯下夤夜纺织的村姑，那个在麦秋两季疯了似的收割庄稼的妇人，那个满身是土，发端粘着柴草，蓝布衣裤泛起一层汗碱，总是撩起褂子抹去脸上汗水的女人，在农闲时节也养成玩牌的习惯，她对劝她的儿女们说，不要管我，这是你爷爷吩咐下来的……先生，我越来越相信先生的母亲就是滹沱河的化身了，我对门前这条河的秉性再熟悉不过，有时温驯如一头老牛，有时奔放如一匹野马，有时娇憨如一只小猫小狗，我们拿她没有一点办法，谁让我们是她共同的儿女呢？

一条河流的命运总归不是我们的意愿所能左右的，我又想，如果千余年前，我们的祖先一路风尘仆仆来到滹沱河边，看到的不是轻波逐浪，流水涣涣的景象，而是一片荒芜厚实的沙滩，他们或许不会有停下不想走的念头，也不会在地势相对平整的河畔滩涂开垦出一片广袤肥沃的处女地，从而打上桑梓故里的烙印，他们或许会从容离开这条河，去寻觅如鸣珮环的淙淙水声。那样，我与先生就不会成为邻居了，我也不能紧随先生其后亦步亦趋了，想起来都隐隐有丝后怕。

在我知道滹沱河沉疴不起之后，我不止一次在长河两岸的堤坝（先生称作堤埝）上踟蹰，像一只迷途羔羊，盲目地寻找被大雪覆盖的归途。而先生在十二岁离开家乡的时候，也一定如我一样茫然不知所措。多年以后，当先生回到久别的故乡，忽然发现河水"已经干了，但风沙还是熟悉的；屋顶上的炊烟不见了，灶下做饭的人，也早已不在"。我听到先生长长的一声喟叹，跌落在冥冥中虚幻的一河浊水里，激荡起一朵细微浪花。

三

因为与孙犁为邻，我习惯在清风徐徐的夜晚，点一盏葫芦状的玻璃煤油灯，沐着院子里豆棚瓜架下清澈的蝉鸣，展一卷透着墨香的《风云初记》或《白洋淀纪事》，静静地品读孙犁。假设这个夜晚是天地间最安逸最闲适最恬淡最销魂的一段时光吧，同样月光下，七十年前的白洋淀边，一个娇媚如月亮的女人，坐在小院当中，手指上缠绞着柔滑修长的苇眉子，无声地编织苇席，在晕染荷香的雪白凉爽的苇席上，等待着英雄的丈夫归来……

我有一个中学语文老师是南方人，驼背成140°角，人称140°，他操一口八调清浊的流利吴语，把课文朗诵得抑扬顿挫，韵律十足，每每读到"月亮升起来，院子里凉爽得很，干净得很"时，面庞会呈现出一种如痴如醉的泛光神态，驼背也似乎挺直了，他指着一院灿烂的阳光说，我们把阳光当作月光吧，可不能小觑这个孙犁啊，想象他当时写出这段文字的心情是多么的，多么的……那个好吧！

讲台下的学生一片哄笑，我们在轻佻的气氛里把140°又戏称作"那个好吧"。请原谅我们的懵懂无知吧，那个年龄段的我们又怎么能够读懂先生的《荷花淀》呢？时过境迁，我已慢慢理解老师当时的心境了，他把自己置身于一片柔美的月光下，却无法用恰如其分的形容词来表述对先生艺术造诣的心得与体悟。

不管一年之中有多少个夜晚会皓月当空，只要有清风明月的时候，我总疑心家乡往东近千里之遥的地方，有一个窈窕的女人在月光下编织苇席，编织心头一个说不清道不明的梦，那种被薄雾缠裹，又被月色朦胧着的景象，成为我青年乃至中年时代朝思暮想的一种人生佳境。我在生命的苦旅中艰难跋涉，几回感知自己出现在那样皎洁的月光下，甚至望得见从一片水面上涌来的白乳一样的雾气，却唯独少了一个编席的女人菱姑。

四

因为与孙犁为邻，我喜欢在斜风细雨的时候，撑一把黑色的雨伞，在乡村的街巷里漫步，看晶莹的小雨珠是如何在地面形成蘑菇泡，看湿漉漉的街巷里有没有两个被雨淋湿衣服的妇女，看谁家的门洞里有没有闲坐的男人，甚至会侧耳谛听有没有声音隔着雨雾传来——"给谁家说亲去来？""东头崔家。""给哪村说的？""东辽城。崔家的姑娘不大般配，恐怕成不了"……平平淡淡的对白，圆圆润润的俚语，我们看到的不仅是先生迈向婚姻门槛的一个小小伏笔，更像是先生随手画就的一幅风俗水墨图，白描意象，古拙动人。在这幅风俗画里，先生的爱妻相信了帝乙归妹般的"天作之合"。

从先生记叙生平的文字里，我们似乎很难看到先生曾经历过怎样波澜壮阔的大场面，而我们又怎能忽略先生辗转异乡，投身抗日洪流乃至融入和平建设的每一段跌宕人生路呢？先生出神入化的一支笔总能把滚滚硝烟隐藏在袅袅炊烟背后，用静谧的农事或悠闲的一抹清风淡化掉所有的血腥与杀戮；先生总能用温暖的笔调写意酸涩的人生和与人生有关的一切坚硬而冰冷的物事；先生总是在舒缓的娓娓道来的语境中营造出独特唯美的艺术氛围……这与先生的修养与禀赋不无关联。

先生是性情中人，他把一腔澎湃的情愫尽数给予了身边的一花一木，一景一物，或者一碗烂酸菜，或者一支笔。先生说他使用过许多蘸水钢笔尖，也用过问同学借钱买到的自来水笔，但我猜想，先生在书写文字的时候，最得心应手的应该是一管产自侯店村的柔软的小狼毫，唯有先生家乡的毛笔，才可写馨竭尽温馨、细腻、至情至美至柔的文字，方可呈现千锤百炼之后的润泽与力量。先生充沛的感情就像汛期的潺沱河那样波涛汹涌，但先生不会放任河流溃堤，他像远古的大禹那样张弛有度地疏导洪水，于是从先生笔端流泻出的又是另一番景致——明月清风，小桥流水……

五

与孙犁为邻，我开始懂得孙犁是乡村的孙犁，乡村是孙犁的乡村。记不清先生是什么时候把自己囫囵托付给乡村的，反正乡村和先生已融为一体，先生与乡村情同手足，无话不谈，乡村把所有蕴藏的秘密都耳语给了先生。

无论是用竹簪把头发盘在头顶像个道士的五湖，还是秉烛夜读声闻四邻又屡试不第的东邻秀才；无论是引车卖菜的菜虎，还是专职埋死孩子的干巴；无论是在梢门口倚门卖笑的女子小杏，还是弹三弦的驼背楞起叔……都是先生房前屋后抬头不见低头见的街坊邻居，都是先生尽情抒怀乡村风韵的绝佳素材，先生为一潭死水的乡村赋予了无比鲜活的生命力。至于我为什么不能够在熟知的环境里酝酿出类似先生那样的《风云初记》，可能与我的懒散有关，与我平庸的价值观和审美情趣有关。我同样是乡村的儿子,身上同样流淌着乡村母亲黏稠的血液,却从未想过为乡村吟诵一首哪怕只有几行字的赞美诗。

而孙犁永远惦记着乡村,乡村也永远惦记着孙犁。

乡村清晰记得第一次与孙犁邂逅是在1913年5月。那是属于丰腴少妇的季节,多情的乡村正散发着槐花醉人的馥郁,乡村把这个孩子安置在家境还算可以的孙掌柜家。从此,蹲在"永吉昌"店铺远离灯光的角落里默默抽烟的孙掌柜成了孙犁的父亲,而每天一听到鸡叫就往地里跑的女人成了孙犁的母亲……其实呢,孙犁知道只有乡村才是他真正的父亲,只能是乡村才是他真正的母亲。尽管乡村是贫瘠的,没有充足的奶水哺育儿女成长,面黄肌瘦的村人只能靠野菜树叶来苦度春荒;然而乡村又是富庶的,乡村有几棵枣树,几棵榆树,乡村有挑着水桶唱着昆曲的根雨叔,乡村有沿街高悬着花里胡哨的吊挂,乡村有自娱自乐的锣鼓铙钹,还有圪蹴在树杈上拉屎的疤增叔……千奇百怪的乡村啊,琳琅满目的乡村!

乡村睁着毛茸茸的大眼睛注视着一天比一天长大的孙犁,直到有一年一辆琳琳作响的骡车把少年孙犁载走。乡村舍不得孙犁走,孙犁也舍不得离开乡村,孙犁尽管走得很远,但走得很远的孙犁从未离开过乡村的视线。

走得再远,先生眼里也总有乡村的影子。在先生看来,乡村是那么明净,明净如白洋淀里出淤泥而不染的荷花;乡村是那么温婉,温婉如李清照笔下的《漱玉集》;乡村是那样单纯,单纯的乡村谢绝任何的晦涩与纷繁……所以先生习惯了用直白洗练的语言描摹乡村,描摹乡村的内容与形式,描摹乡村的气质与灵魂。

走得再远,先生总是深情地回望乡村,回望生命中最重要的这个男人或是女人。先生对乡村的感情无法用尺度丈量,早已渗透到厚实无垠的泥土中,他把自己当作乡村一棵肆意生长的枣树或是榆树,他把自己当作乡村一座屋檐低垂的老房子,他把自己当作街头供人乘凉歇脚的一扇碾盘。多年以后,当先生乘坐一辆吉普车荣归故里时,却在村头悄然下了车,顺着一条小路绕回叔父家去……先生在乡村面前,腼腆得像个中了状元又羞于标榜的孩子,他习惯了审慎做人,锦衣夜行。

乡村记得与先生分别是在 2002 年的 7 月。按照古人的说法,从七月流火开始,节气将一天天步向秋凉,乡村同样觉得那个夏天风寒刺骨,她杰出的儿子孙犁从泥土中来,又复归于泥土。但乡村忍着悲痛说,她从未与孙犁有过哪怕一分一秒的分离,更谈不上什么永诀了,乡村把孙犁紧紧揽在怀里,孙犁把乡村永远镌刻在了心坎上……至今,乡村仍给孙犁留有一块空地,乡村说孙犁的灵魂就栖息在那里,明明白白,干干净净,坦坦荡荡,仿佛一碗清水模样。

先生走后的乡村大地上,我看到自己被夕阳拉长的影子,倒映在乡村季节的长河里,是那样轻浮,那样单薄,那样无所依托,如同一朵飞离蒲苇的白色花絮,没着没落;于是,我更加相信只有像先生那样的大师才可以在乡村的旷野上行走自如,并且在乡村的长河里投下山一般厚实的剪影,永难磨灭。

来过，便不曾离开

王立

记得第一次去乌镇，是在梅雨时节，从德清新市乘坐苏杭班航船到了乌镇。上得岸来，看到这个质朴的古镇浸润在潇潇雨丝中，一派朦胧迷离。烟雨江南如同一轴宣纸上的水墨画一般，清新而柔软。

乌镇是浙北名镇，江南碧水、古朴石桥、粉墙黛瓦、廊棚水阁……无不透露出江南古镇的万千神韵。"唐代银杏宛在，昭明书室依稀。" 茅盾在《可爱的家乡》中如是写道，对家乡乌镇的深情怀念跃然纸上。读过茅盾的《林家铺子》《春蚕》等小说作品，我们便会深信，每一个作家的故乡，永远是其创作的灵感与源泉。

柔碧而灵动的江南水是乌镇的灵魂，而一座座古桥、一条条小巷便是乌镇的筋脉，古镇的四肢百骸就这样生动起来，秀丽而温情。小桥流水的意境，在乌镇表达得淋漓尽致。旧时的乌镇，百步一桥，连缀两岸人家。其中"姐妹桥"最为著名，这是通济桥和仁济桥的合称，拱形结构，高大雄伟，当地人称之为"桥里桥"。这通济桥以西原是吴兴乌镇地域，桥东则是桐乡青镇地界，所以有则桥联这样写着：

寒树烟中，尽乌戍六朝旧地；
夕阳帆外，见吴兴几点远山。

置身于姐妹桥，无论站在哪一座桥边，都可以欣赏到桥里有桥、桥里套桥的奇特景观。双虹卧波，交相辉映。看那清澈的江南水碧波涟漪，心灵顿时温柔起来。此时，或许你会不经意间看到一个探出水阁打水的江南女子，一袭蓝印花布的服饰，盈盈一水间楚楚动人，仿佛走入了唐诗中的江南。

在这样的江南古镇，是适合谈情说爱的，千年情愫，百年缘分,因为江南古镇的浪漫风情而充满了诗意的怀想,或许会突然地邂逅到一份不解真情。由黄磊、刘若英、李心洁主演的《似水年华》就是在这样小桥流水的古镇拍摄而成,这部二十三集的电视剧展现了诗画江南之美。在这幅醉人的水墨画卷中,能有缘相聚便怦然心动,在乌镇和台北之间上演了一场刻骨铭心永恒思念的爱情童话。

乌镇名扬海内外,不仅仅是因其秀丽的江南风光,更重要的应是其独特的文化蕴涵。走进一条蜿蜒细长的小巷,踩着断简般的石板路,感受着江南小巷的漫长而悠远的意境,元曲中那种幽深缥缈的韵味弥漫开来。小街两侧鳞次栉比的小楼几乎是清一色的乌檐青瓦,屋檐比翼。"茅盾故居"就坐落在这条名叫观前街的巷子里。茅盾故居面街南向,乃是砖木结构的江南民居,故居的主体是四开间两进深的二层楼房。还有茅盾以《子夜》的稿费亲自设计翻修的书斋,在这带有日本民居风味的书斋中,茅盾创作了中篇小说《多角关系》。庭院里植有棕榈、天竺、冬青、扁柏等花木。其中,一棵棕榈的枝干已超过七米多高的院墙,天竺郁郁葱葱,枝繁叶茂。据说,这是茅盾亲手种植的。明媚的阳光映照着棕榈、天竺以及其他的花木，显得生机无限。

茅盾早年丧父，而他的母亲是一个坚强而有文学修养的女子，这从她为丈夫所撰写的挽联上可见一斑：

> 幼诵孔孟之言，长学声光化电，忧国忧家，斯人斯疾，奈何长才未展，死不瞑目；
> 良人亦即良师，十年互勉互励，电碎春红，百身莫赎，从今誓守遗言，管教双雏。

这个年轻的遗孀，在这样一个小资产阶级的大家庭里要培养茅盾兄弟俩读书深造是不容易的，因为茅盾的祖父、祖母与二姑妈都主张让茅盾到自家的纸店里当学徒。有远见的母亲顶住了家庭的压力，忍受寡居的寂寞，坚持让两个儿子读书学习。就是这样一个伟大的母亲，终于把茅盾兄弟俩培养成才，共同走上了革命道路。茅盾担任了新中国第一任文化部部长，而茅盾的弟弟、英年早逝的沈泽民曾任中共中央第六届宣传部部长。

在与茅盾故居一桥之隔的中市观后街"夏同善翰林第"，我们一样可感受到文化的巨大力量。这个清代翰林夏同善是乌镇萧氏家的外甥，因自小在外婆家生活、读书，进士及第后，获钦点翰林，知恩图报的夏同善便把皇帝所赐的"翰林第"匾额悬挂在了萧家厅中。作为清光绪年间平反清朝四大奇案之一——杨乃武与小白菜冤案的关键人物，夏同善充分发挥了江南文人的智慧与卓识，与浙江籍京官共同联函奏请刑部，为蒙冤的杨乃武与小白菜翻案，终于力挽狂澜，拨云见日。夏同善是"学而优则仕"的典范，他的名字与传说注定要让古镇后人津津乐道。

乌镇文化底蕴之深厚，可以追溯到梁代昭明太子。昭明太子名萧统，两岁时被立为皇太子，他曾随老师沈约来到乌镇读书，并建有书馆一座。萧统自幼好学博闻，通今知古，以编辑《昭明文选》而名世。现存昭明书馆遗迹，是明朝万历年间所建的一座石坊，题有"六朝遗胜""梁昭明太子同沈尚书读书处"的匾额。尽管千百年来风侵雨蚀，昭明太子读书遗迹犹存，古镇文脉流传悠远。

自宋以降，乌镇共出了二百多名举人、进士。在古镇这方人杰地灵的土地上，诞生了中国最早的镇志编撰者沈平，著名理学家张杨园，著名藏书家鲍廷博，晚清翰林严辰、夏同善，文学巨匠茅盾，政治活动家沈泽民，银行家卢学溥，新闻界前辈严独鹤，才女汤国梨，农学家沈骊英，著名作家孔另境……还有木心。二〇〇六年，旅居美国纽约二十四年之久的乌镇游子木心落叶归根，回到家乡定居。木心这个被称为"文学鲁滨孙"的海外文人，其诗文为陈丹青、阿城、何立伟、陈子善、陈村等当代文艺大家所竭力推崇，一卷《哥伦比亚的倒影》旋即成为我们这个时代的阅读经典。二〇一三年一月，木心的《文学回忆录》问世，让人可以充分领略广阔无边的文学世界。富有意味的是，木心花园与茅盾故居处在同一条街上。如果喜爱文学，只要沿着这条古镇老街，从街头的茅盾故居走向街尾的木心花园，你走过的就是中国现代文学史流光溢彩的一个历程。

乌镇名人辈出，书香风流，至今绵延不绝。由茅盾先生捐资设立的"茅盾文学奖"颁奖盛典从第五届开始回归他的故里，堪称文人云集的乌镇盛事。二〇〇三年十一月，《小说月报》第十届百花奖颁奖仪式在乌镇举行。浙江电视台在乌镇的财神湾录制了一档特别节目《相约乌镇：与作家面对面》，受桐乡市文联委派，我与周敬文、朱汝瞳参加了这场文学活动。

毕淑敏、梁晓声、裘山山这三个百花奖得主在财神湾停泊的木船上接受节目主持人采访时，对诗画江南、人文古镇充满了深情与眷恋。

只要走进乌镇，江南文化的韵味便会馥郁地袭来。倘若你走得累了，可以在岸边的美人靠坐下来，面对清澈的江南水发呆，想心事，洗涤身心的尘埃，或者走进临街的茶馆歇脚，喝茶，聊天儿，体验市井风情。茶馆"访卢阁"因为茶圣陆羽而著名，在乌镇中市应家桥南塊，背倚车溪市河，面向中市大街，俯临东市河，遥望观前街风情世态。一边悠闲地喝着茶，一边品尝着乌镇的名点"姑嫂饼"，任时光流逝而去，心底怡然自如。访卢阁，姑嫂饼，在古镇民间都流传着充满情趣的历史传说，洋溢着亲切动人的文化情韵。

来过，便不曾离开。刘若英的乌镇形象代言，具有穿越时空的诱惑力。乌镇把江南水乡的怀旧元素与人文内涵水乳交融地结合在了一起，便有了故国家园的情愫，丝丝柔柔地缠绕着每一个行人的脚步，从此让你的心灵再也离不开水墨乌镇、人文乌镇了。

古越魂魄

王立

对于古越绍兴，我历来十分景仰。自古以来，从大禹治水到越王复国，从爱国诗人陆游到现代文豪鲁迅，使绍兴这个千年古城，充满了浓郁的人文内涵，在华夏大地上熠熠生辉，光彩动人。

绍兴山清水秀，人杰地灵。山，以会稽山著称；水，以鉴湖水名世。河网如织的绍兴，以鉴湖、石桥、大运河、古纤道相连缀，风景秀丽古朴，被称为"东方威尼斯"。曾有古越民谣这样唱道："摇摇摇，镜中乌篷古纤道；桥桥桥，画中越女美容貌。"我多次去过绍兴,却没有坐过乌篷船,但可想而知,如此美景仙境,是多么令人赏心悦目。

水乡泽国的绍兴,整个鉴湖水系汇集了会稽山三十六源之水,把古越大地滋润得飘逸而又优美。远山黛影,近岸绿萍,烟雾迷蒙,岚气氤氲。所以便有了风雅兰亭,曲水流觞,有了千古流芳的王羲之《兰亭集序》。

这是一座阳刚之气与阴柔之美互为交融的文化古城。我一直倾情的越剧就是发源于古越,温婉柔媚,让人柔肠百结。而激越硬朗的绍剧,其高腔响遏行云,甚是撼人心魄。这一柔一刚,便是古越的魂魄,使得绍兴神采飞扬,独具风韵。我在绍兴,一次又一次地深入古越大地,更多地注目在鲁迅故居、秋瑾纪念碑、沈园等人文景观上,从中深刻地感受绍兴的大气、刚烈、温情与壮美。

作为一个文学爱好者,我首先是从周氏兄弟的作品中认识绍兴的。

在鲁迅、周作人的笔下,绍兴的风土人情、环境习俗等,描绘得栩栩如生,极为传神。我所看到的"百草园",尽管荒芜不堪，物是人非，亦静静地徜徉着，想象着少年鲁迅在这里嬉戏玩耍，度过了他的少年时代。以至于后来当鲁迅远离家乡，在新文艺战线上奋战犹酣之际，仍然禁不住温馨地怀想他的"百草园"，并为之写下了极其优美的篇章。从某种意义上来说，"百草园"是一代文豪的精神之源。钟灵毓秀的古越绍兴，铸造出了堪称"民族魂"的鲁迅，他"俯首甘为孺子牛，横眉冷对千夫指"，以一支千钧之笔创作出了《狂人日记》《阿Q正传》《孔乙己》《祥林嫂》等等震撼国民心灵的不朽杰作。我更欣赏鲁迅如"匕首"、如"投枪"般的杂文，虽小品文而有大关怀，是于无声处的轰天惊雷，是穿越晴空的林中响箭，令人警醒奋起。

地处绍兴市区古轩亭口的"秋瑾烈士纪念碑"被铁栅栏围护着。碑座正面（西面）刻有蔡元培撰、于右任书《秋先烈纪念碑记》，碑身镌有张静江书"秋瑾烈士纪念碑"。古轩亭始建于唐，历代以来屡建屡废。这古轩亭口，历来是绍兴的闹市中心。近代杰出的民主主义革命家、妇女解放运动的先驱秋瑾，就是在这儿勇赴国难，慷慨就义的。那一年去绍兴，专程来到秋瑾纪念碑。正值傍晚时分，晚霞如血，映红了天地。

我扶栏仰望，洒泪凭吊。因为满怀"拼将十万头颅血，须把乾坤力挽回"的革命理想，秋瑾遭到了清朝政府的残暴处斩。清朝政府对于女性的刑罚，最为严厉的是绞刑，而对秋瑾执行的却是绑赴市曹斩首，此刑开了残酷暴政施于女性之先河。秋瑾伏首就戮，临街斩首，血洒古越大地，令多少苟且偷生的须眉男儿大惊失色，黯然无光。

秋瑾的一腔热血，绽放出了一朵永不凋谢的革命之花。

因为秋瑾，我对大禹为治理水患"三过家门而不入"、越王勾践为复国雪耻而卧薪尝胆等古越先贤雄壮刚烈的献身精神，有了更深切的体悟与敬畏。这就是千百年来一脉相承的古越人文精神。

绍兴的刚与柔，总是以淋漓尽致的形式体现出来。无论爱与恨，都张扬到极致，表达得彻底。梁山伯与祝英台的故事，成为中国家喻户晓的经典爱情。而陆游与唐婉的爱情悲剧，同样令人扼腕。

踏进爱情名园——沈园，我的眼前浮现出陆游与唐婉这一对才子佳人凄美的爱情景象。不忍分离，又不得不分离，这对于两个相爱的人来说，是多么痛苦、多么艰难的人生抉择。

"上邪！我欲与君相知，长命无绝衰。山无陵，天地合，冬雷阵阵，夏雨雪，天地合，乃敢与君绝。"——这是引人入胜的情爱境界，无数的痴男情女为之生死相许。然而，人世间未必是情爱的天堂，或许只是一个情爱的海市蜃楼。

一杯黄藤酒无法消解满腹愁绪，唯有以诗句释尽心中块垒，默诵着千古名词《钗头凤》，依然痛楚地觉得，生离与死别，使一段真情充满了无尽的遗憾与惆怅，难以释怀，无法释怀。

不知何处飘来小提琴协奏曲《梁山伯与祝英台》，如泣如诉，柔美而又深情。如同这沈园曾经发生的人间真情可以用寥寥数语使之永恒定格，梁祝故事因为戏剧、音乐而千古流芳。这与其说是艺术的力量，不如说是至情挚爱所独具的穿透力，超越时空，绵绵不绝。

是的，在古越绍兴，我无论如何也走不出悠久而独特的人文之光的照耀与包容。阳刚之气震古烁今，阴柔之美动人肺腑。

相看两不厌,只有敬亭山

王立

敬亭山,位于皖南宣州境内。曾经读过诗仙李白的五言绝句《独坐敬亭山》:"众鸟高飞尽,孤云独去闲。相看两不厌,只有敬亭山。"也曾闻知历代诗词大家慕其气象万千的迷人风采而踏山放歌,因而对敬亭山心仪已久,恨不相逢。这次假皖南公务之便,就欣然驱车赶往敬亭山。

敬亭山脚下,矗立着一尊李白的巨型石雕像。他昂首仰望着浩渺的苍穹,身后便是山峦重叠、风擎云泉的敬亭山。碧绿的水阳江依恋在敬亭山麓缓缓北去,一泻千里。

作为一个唐代杰出的浪漫主义诗人,李白自从二十五岁离家出蜀,"仗剑去国,辞亲远游,南及苍梧,东涉溟海",忘情放纵于祖国的名山秀水间。他追慕南齐大诗人、曾任宣州太守的谢朓之名,对敬亭山尤为情有独钟,一生中曾七次飘然登临此山,或沉思或吟唱,或凝神注目或傲然长啸。山与人合一,相看两不厌。谢朓、李白之足迹与绝句,使敬亭山殊荣无限,跻身于著名诗山之林。

沿着当年李白走过的崎岖古道拾级而上时,但见青山葱翠,但闻百鸟脆鸣,缥缈的山岚诗意般地在心中弥漫,消解了我对于古栈道攀登跋涉的畏难、劳累之苦。虽然,当地政府已认识到了敬亭山旅游资源的巨大价值,但尚未大举开发。因此,敬亭山还没有被钢筋水泥包围入侵,仍然保持着清纯秀丽的原生状态,如同一个天然去雕饰的乡野女子,勃勃生机,楚楚动人。

敬亭山在明清时期,极为兴盛。文化景观一百余处,大小寺庙三十六座,清末以降屡遭战火,尤其是在抗日战争时期,山上景物惨遭侵华日军毁灭性破坏。现存有国家重点文物保护单位——宋代广教寺双塔以及太白独坐楼、谢公亭、翠云庵、拥翠亭等历史景观。

置身于青翠碧山之中,我觉得太白独坐楼就是敬亭山之灵魂。庐山有险峰,黄山有奇松,都是以天下绝景著称于世。而敬亭山,则有李白的千古绝唱。

还有一个美丽的传说,那就是李白与女皇武则天的孙女玉真公主的恋情绯闻。李白初识玉真公主时,写了一首《玉真仙人词》:"玉真之仙人,时往太华峰。清晨鸣天鼓,飙欻腾双龙。弄电不辍手,行云本无踪。几时入少室,王母应相逢。"玉真公主是静修学道的女道士,李白是浪漫的风流诗仙,又一生好道,所以他们之间有共同语言,有感情基础,玉真公主还曾把李白留置在她的"别馆",后世文人便争相演绎了他们的情爱故事,甚至还产生了李白与王维为了玉真公主争风吃醋的趣闻逸事。相传,玉真公主为了追随李白而隐居敬亭山,最终在此香消玉殒,葬于"皇姑坟"。在充满传奇的唐朝,一切皆有可能。无论这个故事是否子虚乌有,已成为敬亭山人文历史的组成部分。这是一种独特的人文景观,是情爱洋溢的精神圣境。

是的，当我们稍憩于太白独坐楼，环顾四周，俯瞰天地时，我的灵魂渐渐地从尘风俗雨中超脱出来，在这远离浮躁的圣灵之地，冉冉地升华，不断地向上……

在这样一个时刻，或许应该邀三二知己，采撷馥郁的高山绿茶，以清冽的山泉泡饮，品茗座谈，指点江山；在这样一个时刻，或许应该跳跃、舞蹈、呐喊、放歌，尽情释放心中的郁闷、压抑、悲怆和痛楚；哦，不！在这样一个时刻，应该一个人静静独坐，纵览春光葳蕤的敬亭山，谛听彩云与山峰恋人般的絮语，渴饮山霖，饥餐秀色。什么也不要想，什么也不要做。任何的痴心妄想，任何的轻举妄动，都是对诗意的破坏，对圣灵的亵渎。

敬亭山，没有黄山之秀、庐山之险，也没有泰山之雄、珠峰之伟，却独具小家碧玉一般娴静、优柔之美。每一块石，每一株树，每一棵草每一朵花，都诗意地保持着原生静态之美，是如此的摄人心魄，令人痴迷。

如同横亘诗峰的诗仙李白一样，我独坐于太白独坐楼，如痴似醉，物我两忘。李白已独坐千年，忘情地凝视着敬亭山。青山无语，含情相望。任千年又千年，相看两不厌！

你是我的结发妻子还是我的红尘知己？竟让我如此刻骨铭心永难相忘！

你是我的前尘旧梦还是今生有约？竟让我这样一见钟情难舍难分！恍惚中，唯见李白依然孤傲独坐，那著名的五言绝句，绵绵不绝地回荡在敬亭山的云海林涛：

众鸟高飞尽，孤云独去闲。

相看两不厌，只有敬亭山。

纸上的三峡

王立

心仪三峡,是从读唐诗开始。李白的七绝《早发白帝城》,就是写于三峡:"朝辞白帝彩云间,千里江陵一日还。两岸猿声啼不住,轻舟已过万重山。"当年,李白在被流放夜郎途中,至白帝城遇赦,乘舟东归,心情极为轻松明快。从李白这首诗中,就足以让人领略三峡之美了。1994年国家邮电部发行了一套"长江三峡"的纪念邮票,精美异常,我十分珍爱。白帝城、瞿塘峡、巫峡、神女峰、西陵峡、屈原祠……历历在目,身临其境般地历游那重岩叠嶂、林寒涧肃的三峡,气势雄壮而峻奇。

作为一个曾经的诗歌发烧友,我读过女诗人舒婷创作的诗歌《神女峰》,这首诗给了我深深的震撼,至今记忆犹新,甚至能背诵出这首轰动了中国诗坛的名诗:

在向你挥舞的各色花帕中
是谁的手突然收回
紧紧捂住了自己的眼睛
……

诗人的语言充满了穿透力,一下子让人进入了深情而又沉重的主题。

沿着江岸
金光菊和女贞子的洪流
正煽动新的背叛
与其在悬崖上展览千年
不如在爱人肩头痛哭一晚

这首诗歌彻底地打动了我青春的心扉。风姿绰约、血肉有情的"神女峰",使刚烈、雄浑的三峡洋溢了温情、阴柔之美,令人为之动容。

后来,在余秋雨的《三峡》中,我更深刻地领略到了三峡的人文情怀。余秋雨的文笔激情飞扬,气势恢宏,恰如长江三峡的波涛激流冲击着我的心灵,使我对三峡充满了强烈的敬仰之情。在余秋雨的笔下,我看到了顾盼生风、绝世艳丽的王昭君远嫁到草原匈奴,使中国历史疏通了一条三峡般的险峻通道;看到了投身汨罗江的屈原,把汨罗江搅起了三峡的波涛……

于是,三峡在我的想象中,既险峻而又温婉,既阳刚而又妩媚。我想,三峡不仅是中国大地上壮观的山水风光,更是我们民族的人文景观。在古往今来无数的三峡诗文中,遥相呼应的,就是蕴含于三峡激流中的文化风骨。

在初夏的江南,一个慵懒的午后,我随意翻读着那本古旧的《水经注》。当读到"三峡"的段落时,我立刻神清意澈,一种天籁之气贯注全身。

自三峡七百里中，两岸连山，略无阙处。重岩叠嶂，隐天蔽日。自非亭午夜分，不见曦月。……每至晴初霜旦，林寒涧肃，常有高猿长啸，属引凄异，空谷传响，哀转久绝。

江水滔滔，涛声轰鸣，恍惚之中我正引舟于千里江陵，一路领略三峡的奇异风光。

三峡，三峡……

卡夫卡孤独者的歌

雨云

奥地利作家弗兰茨·卡夫卡的作品前几年就读过,《变形记》《城堡》《审判》《美国》等。说实话,我觉得卡夫卡的风格不适合我,有时会读不下去,长篇小说《城堡》就是。记得阅读时,我在学校图书馆借了两个版本的《城堡》,现在根本不记得是否看完了其中任何一个版本。而且《城堡》本身就是一篇未完成的长篇小说。太多的意象,太多的隐喻,太多的释解,我这样简单的头脑是无法探究的。再读卡夫卡,可能是经历和了解得多了些,突然觉得卡夫卡不难读了。甚至有一种阅读的悲悯和沉重压着,让我喘不过气来。

卡夫卡于1883年7月3日出生于奥匈帝国的布拉格的一个犹太人家庭。他的父亲是个极端专制的商人,尤其是在子女的教育问题上。母亲出身名门,但善于隐忍。压抑的环境造就了卡夫卡敏感、内敛、封闭,甚至懦弱的性格。1901年,卡夫卡入布拉格大学学日耳曼语言文学,后来迫于父亲的压力改学法律。毕业后,卡夫卡先后在一家私人保险公司和一家半官方的工伤保险机构担任职员。白天工作,尽他的责任和义务;晚上写作,这才是他的热爱,为的是自己。由此卡夫卡的身体严重透支,不久就生病离职。1924年6月3日,卡夫卡在维也纳附近的一家疗养院去世。

"卡夫卡"是希伯来语,意为"穴鸟"。卡夫卡短暂的一生,孤独的一生,似乎正应和了"穴鸟"这一含义。他的一生一直处于生活的边缘状态,这种边缘环境加重了他的隐忍、敏感和孤独。卡夫卡是犹太人,学的却是日耳曼语言,即德语,这是一种隔阂;卡夫卡住在布拉格,只有极少数人讲德语,这又是一种隔阂。这种隔阂把卡夫卡放到一种更加孤绝的环境里。巴尔扎克说：我在摧毁一切障碍！卡夫卡说的却是：一切障碍都可摧毁我！

卡夫卡的感情生活也是孤独的。卡夫卡的父亲对他说：如果你想证明你长大了，你就去找妓女。这就有了卡夫卡的第一次性生活，长大了的标志。卡夫卡对婚姻、爱情，概念是模糊的，更是矛盾的。他无法把写作与感情兼顾起来，但他又是一个正常的人，他也需要温情，需要爱。卡夫卡需要的是不打扰他现状的情人，招之即来，挥之即去。即使是面对最爱的女人也不能打破这种平衡。卡夫卡和菲利斯·鲍威尔两次订婚，两次解除婚约。菲利斯·鲍威尔也不能理解卡夫卡和他的文学，她需要的是一个丈夫，能够拿钱回家的丈夫。这只能加深卡夫卡的困惑。1920年，卡夫卡结识了翻译家密伦娜·耶申斯夫人，这可能是卡夫卡唯一真正喜欢过的女人，且有共同的志趣爱好，对卡夫卡的写作也有帮助。两个人一直交往到1922年5月，这段不可能有结果的感情最后也只能是无疾而终。1923年，卡夫卡结识了朵拉·笛芒，朵拉担当了女佣的职责，照顾卡夫卡的生活起居，一直到卡夫卡去世。

朵拉的低微身份始终得不到卡夫卡父母的认同，两个人也没有结婚。在卡夫卡去世后，朵拉坐在卡夫卡墓前哭泣，卡夫卡的父母也没有正眼瞧一下这个悲伤的女人，一句安慰都没有。1952年8月，朵拉在伦敦去世。

在20世纪现代主义小说史上，卡夫卡是一个奠基者。卡夫卡创造出一种把荒唐无稽的情节与绝对真实的细节描绘相结合的独特艺术手法，用来表现"现代人的困境"。他笔下的人物和故事都在现实中异乎寻常地变形或扭曲，反映出时代危机的征兆以及知识分子对现实的敏感痛苦体验。最著名的短篇小说《变形记》即是。

《变形记》成书于1912年，当时正值人类完成第二次工业革命。工业革命促成了生产力的提高，同时也使人成了机器的奴隶，在激烈的社会竞争中朝不保夕，时时有被挤掉的危险。《变形记》一开始就告诉我们，旅行推销员格里高尔一早醒来变形为一只甲虫了。在这一荒诞事件中，作者展开了真实的细节描写，叙述格里高尔变形后发生的一切生活细节。变为甲虫后，格里高尔不必早起，不必上班，甚至有锻炼身体、听音乐的需求。但是，他却担心老板炒他的鱿鱼，时刻渴望干这干那，为家庭效力。当恢复工作能力的希望破灭后，他消灭自己的决心比妹妹还要强烈。虚幻的梦境，可以触摸的生活场景，完美地结合在一起。没有对立，没有界限，浑然一体，这就是卡夫卡的艺术境界。整篇小说一直用平缓的语调，一步步揭示格里高尔"非人"后的命运，透着凄凉。

变形前，格里高尔是家里的顶梁柱。变形后，格里高尔成为家人的负担，甚至是"家丑"，连他最疼爱的妹妹也嫌弃他，要弄他走，甚至怪他不懂得消失。一天天，格里高尔作为人的东西一点点被剥夺，最后被遗弃在黑暗里，杂乱的家具堆中，没人清扫的房子中。"非人"的甲虫再也不可能掌握自己的命运，一切灾难都可能随时降落到他的头上。格里高尔陷入了生存的恐惧与无奈中。

卡夫卡曾经说过："不断运动的生活纽带把我们拖向某个地方，至于拖到哪里，我们自己是不得而知的，我们就像物品、物体而不像活人。"小说最后，格里高尔孤独地死去了，像垃圾一样被清理了。格里高尔的家人请了一天假，庆祝他们的"新生"，他们终于摆脱了格里高尔，将有美好的未来了。读至此，真的让人如置寒冬。一个社会人与人之间的关系冷漠至此，亲情也变成赤裸裸的利益冲突时，还有什么是可以留恋的呢？

我们再来读一读卡夫卡的另一部短篇小说——《饥饿艺术家》。《饥饿艺术家》创作于1922年，那时卡夫卡因为患肺结核病退职，回到了布拉格。卡夫卡临终前两个月在病榻上还对《饥饿艺术家》进行润色，作了最后一次修改，修改时泪流满面。可见卡夫卡对这篇小说的偏爱。

《饥饿艺术家》写的是一个有着惊人忍受饥饿能力的艺人，把对饥饿的忍受当成一门艺术来表演。他被关在一个笼子里进行展览。一开始，人们为饥饿表演忙忙碌碌，人人都渴望每天至少观看一次饥饿艺术家的表演。饥饿艺术家还时不时把胳膊伸出栅栏，让人摸摸瞧瞧，以感觉到他是多么干瘦。可是饥饿艺术家的情绪却越来越坏，因为得不到任何人的真正理解。没有人相信一个人可以不吃不喝四十天。观众不相信，看守也不相信。有的看守甚至故意坐在远离饥饿艺术家的某个角落里玩牌，给他一个进食的机会。他们总认为，饥饿艺术家绝对有妙招搞点存货填填肚子。无人亲眼看见过，饥饿艺术家是否确实持续不断地挨饿。只有饥饿艺术家自己心里最清楚，只有他才算得上是对自己的饥饿表演最为满意的观众，这是他挨饿的荣誉。可是四十天一到，人们就夺走了他继续挨饿的荣誉，没有一次他是自愿离开笼子的。几年以后，人们对饥饿表演失去了兴趣，而饥饿艺术家呢，对饥饿表演依然有着如痴如狂的追求。为了表演饥饿艺术，他受聘于一家庞大的马戏团，与兽为伍，甚至连合同条件都没瞥上一眼。人们把饥饿艺术家和笼子安插在一个交通路口，蜂拥而来的观众大步走过，目不斜视，直奔兽场，没有人欣赏他的表演。现在，饥饿艺术家可以任意独行其是地表演了，却无人问津，甚至用于计算饥饿表演天数的小牌子上的数字也多日不变。饥饿艺术家被人们忘记了。直到有一天，看管人看到了笼子，笼子里发霉变味的谷草，记数的小牌子，人们才想起饥饿艺术家。饥饿艺术家已经奄奄一息了。最后，饥饿艺术家饿死了，草草地被埋掉了，代替他的是一只年轻的美洲豹子，活蹦乱跳。观众挤在笼子周围，丝毫不肯离去。

我们来看看文章中饥饿艺术家和看管人最后的精彩对话：

"你还一直不吃东西？"看管人问道，"你究竟什么时候才算完呢？"

"诸位，请多多原谅。"饥饿艺术家有气无力地低声细语。

"当然，当然，我们当然会原谅你。"看管人说。

"我一直在想着，你们能赞赏我的饥饿表演。"饥饿艺术家说。

"我们确实也挺赞赏的。"看管人热情地说。

"可是你们不应该赞赏。"饥饿艺术家说。

"那么我们就不赞赏，"看管人说，"为什么我们不应该赞赏呢？"

"因为我只能忍饥挨饿，我也没有其他办法。"饥饿艺术家说，"因为我找不到适合我胃口的食物。假如我找到这样的食物，请相信我，我不会招人参观，惹人显眼，并像你、像大伙一样，吃得饱饱的。"

然而，从他那瞳孔已经放大的眼睛里还流露出一种不再是自豪而是坚定的信念：他还要饿下去。

饥饿艺术家的悲剧是不被人理解，也许从来就没有人理解过他，一直是他自己在欣赏自己。如果人们同情他，把他的悲哀归于饥饿，他就会勃然大怒。他气愤人们歪曲事实的做法，亵渎了他的艺术，他努力坚持着。但是最后，饥饿艺术家却把自己不惜牺牲生命追求的艺术否定了，归于他的厌食。这是一种怎样的绝望啊！真正的艺术是远离利益的，是自由的，是值得用生命去捍卫的。这是个纯粹的艺术家。难怪卡夫卡会流泪，饥饿艺术家的执着、悲惨境况，不就是卡夫卡一生的真实写照吗？卡夫卡文学的一生也是默默无闻的，他的大部分作品都是在他死后由马克斯·勃洛德整理出版的。也有人把卡夫卡的忧郁归于他的写作。难怪卡夫卡在生命的最后，要求他的好朋友马克斯·勃洛德烧毁他的全部手稿，《饥饿艺术家》就是卡夫卡本身的一则寓言。

我们看到，同样是孤独，日本作家村上春树的小说是月光下一个人的孤独，独处的孤独；卡夫卡的孤独却是站在人群中的孤独。到处是匆匆而过的人，拥挤着，还有那使人隔离的庞大的城市建筑，包围了卡夫卡和他的人物。他们害怕着，挣扎着，惴惴不安着，就像卡夫卡1923年写的《地洞》中的小动物"我"一样，"即使从墙上掉下的一粒砂子，不弄清它的去向我也不能放心"。然而，"那种突如其来的意外遭遇从来就没有少过"，这是现代人处境的象征性写照。卡夫卡的目光已经穿过人类生命的华丽外表直面生命本质的孤独绝望。它们的反差是如此的巨大,爱情、亲情,往往也承受不住。卡夫卡的眼泪为饥饿艺术家而流,也为自己而流,更为所有那些悲悯又执着的人而流。卡夫卡的小说就像卡夫卡自己评价毕加索的画说的:"他只不过是将尚未进入我们意识中的畸形记录下来。艺术是一面镜子,它有时像一个走得快的钟,走在前面。"卡夫卡正是这样一个走在前面,反映时代、超越时代的艺术先知,唱着孤独者的歌。

在云端

橡樹的愛情